Chère lectrice,

Pour inaugurer cett proposons un roman léger comme la caresse du vent d'été. Intitulé *Une princesse amoureuse* (n°2225), il met en scène la belle Shoshana qui, fuyant un mariage – et un mari – qu'elle n'a pas choisi, trouve refuge sur une plage déserte. Un endroit paradisiaque à partager avec Jake, le garde du corps chargé de la protéger…

Second titre du mois, *Play-boy ou papa ?* (n°2226), vous fera vivre les doutes de Dominic, un homme d'affaires surbooké qui se retrouve du jour au lendemain tuteur d'un jeune enfant. Dans l'urgence, il fait appel à une femme qu'il connaît à peine et lui demande de s'installer chez lui…

S'ils vivent, eux aussi, sous le même toit, Mallory et Torr, *Amoureux sous contrat* (n°2227), ne partagent pas le même lit. Une situation que Mallory déplore, car elle a appris à aimer en secret ce « mari » imposé par sa famille…

Enfin, avec *Passion texane* (n°2228), dernier roman de ce mois de juillet, les fans de Diana Palmer retrouveront la chaleureuse ambiance des grands ranches du Sud, où l'auteure aime à situer ses romans au style inimitable…

Bonne lecture, et rendez-vous le mois prochain !

La responsable de collection

Amoureux sous contrat

JESSICA HART

Amoureux sous contrat

COLLECTION HORIZON

éditions Harlequin

Cet ouvrage a été publié en langue anglaise
sous le titre :
NEWLYWEDS OF CONVENIENCE

Traduction française de
MARIE-CHRSTINE DERMANIAN

HARLEQUIN®

est une marque déposée du Groupe Harlequin
et Horizon® est une marque déposée d'Harlequin S.A.

83-85, boulevard Vincent-Auriol, 75013 PARIS — Tél. : 01 42 16 63 63

Service Lectrices — Tél. : 01 45 82 47 47
www.harlequin.fr

ISBN 978-2-2808-0917-7 — ISSN 0993-4456

1.

— Cette année connaît des records de vente de cartes de la Saint-Valentin. Les fleuristes, eux, déclarent que les roses rouges restent toujours aussi populaires auprès des…

Mallory tendit vivement la main vers la télécommande pour éteindre le téléviseur et faire taire la présentatrice, dont la voix lui vrillait les tympans. Elle ne voulait pas qu'on lui rappelle que ce jour-là était celui de la Saint-Valentin.

Un an auparavant jour pour jour, Steve lui avait fait la surprise d'un voyage à Paris. Il lui avait aussi offert un pendentif en diamant, et avait évoqué leur prochain mariage. Ce jour-là avait été le plus beau de sa vie.

D'un geste instinctif, elle porta la main à sa gorge, où se nichait le petit diamant. Elle le portait toujours, malgré tout.

Charlie, qui était jusque-là paisiblement couché à ses pieds, redressa soudain la tête. Quelques secondes plus tard, un bruit de clé dans la serrure rompait le silence.

Son mari rentrait à la maison.

Elle laissa retomber sa main sur l'accoudoir du fauteuil.

Déjà debout, Charlie remuait la queue. Il trottina jusqu'à la porte du salon, qu'il se mit à renifler en geignant. Il aurait sans doute commencé à la gratter si Mallory ne s'était levée pour la lui ouvrir. Elle savait qu'il ne se calmerait pas avant d'avoir accueilli Torr en bonne et due forme.

Croisé de labrador, de colley et de lévrier, Charlie n'était pas à proprement parler un spécimen digne de concourir dans une exposition canine, mais Mallory n'avait pas résisté à son regard lorsqu'elle l'avait vu dans ce refuge pour animaux. La rencontre avait eu lieu sept ans plus tôt et, depuis lors, pas un seul instant elle n'avait regretté sa décision.

Ce n'était peut-être pas étonnant que Charlie ait été jaloux de Steve. Jusqu'à ce que ce dernier ne surgisse dans sa vie, l'animal en avait été le centre. La relation entre l'homme et le chien avait d'ailleurs représenté la seule ombre au tableau, durant cette période idyllique.

Mallory avait toutefois plus de mal à comprendre que l'animal ait manifesté un attachement aussi immédiat qu'évident à l'égard de Torridon McIver, qui passait pourtant peu de temps avec lui — et avec elle. Charlie paraissait toujours ravi de le voir, et ne se formalisait pas du tout de n'obtenir, en échange de ses témoignages d'affection, que de vagues signes.

Lorsqu'elle ouvrit la porte, Torr se tenait dans le hall d'entrée. Il parcourait du regard la note qu'elle avait laissée à son intention, sur le guéridon.

Il était grand, bien bâti, avec des cheveux châtain foncé, des traits sévères et une expression impénétrable. Sa chevelure sombre et les épaules de son manteau étaient parsemées de gouttes de pluie, qui scintillaient à la lumière des appliques.

Lorsqu'il ne travaillait pas sur des contrats qui faisaient honneur à sa réputation de brillant homme d'affaires, Torr passait son temps à escalader les sommets. De l'avis de Mallory, il y avait en lui quelque chose de ces sommets majestueux. Il lui apparaissait comme une force de la nature, et cette impression était en contradiction avec l'image qu'il donnait de lui : un homme toujours élégamment vêtu, vivant dans une belle maison datant du siècle dernier, symbole de sa réussite sociale.

Autant d'éléments qui ne lui correspondaient pas.

Pas plus qu'elle ne lui correspondait elle-même.

— Descends ! ordonna Torr au chien, qui lui avait posé les pattes sur les épaules.

L'animal obéit, sans cesser de remuer la queue, et il lui caressa la tête d'un geste un peu brusque.

Satisfait, Charlie revint vers Mallory. Alors seulement, Torr se tourna et remarqua la présence de la jeune femme.

Sur le seuil du salon, elle s'était penchée pour flatter le flanc de l'animal, qui frétillait de joie. Pareils à un rideau de soie sombre, ses cheveux lui cachaient le visage. Ils formaient un couple étrange, le chien hirsute à l'œil illuminé, et l'élégante jeune femme vêtue d'un tailleur-pantalon en jersey beige.

A vrai dire, quelle que soit sa tenue, Mallory avait toujours une allure chic. Cette impression était sans doute liée à sa silhouette longiligne, que certains trouvaient à la limite de la maigreur.

Lorsqu'elle releva la tête et que son regard croisa celui de Torr, toute trace de chaleur déserta ses prunelles.

— Bonsoir, fit-elle d'un ton neutre.

— Bonsoir.

Debout face à face, ils se dévisagèrent quelques instants en silence. Jusqu'à ce que survienne cette gêne qui ne tardait jamais à s'installer entre eux, lorsqu'ils se retrouvaient en tête à tête. Nul n'aurait pu deviner à les voir qu'ils étaient mariés depuis cinq mois, et passaient ensemble leur première Saint-Valentin. Torr ne cachait dans son dos aucun bouquet de roses. Pas le moindre petit écrin provenant d'un joaillier n'était enfoui au fond de ses poches. Il ne lui tendait pas les bras pour l'enlacer et lui dire combien il l'aimait.

Il ne lui souriait même pas.

Mallory cligna des paupières, comme si elle cherchait ainsi à chasser les images de l'année précédente, ces moments merveilleux vécus avec Steve.

— J'étais en train de regarder le journal télévisé, dit-elle enfin.

Torr enleva son manteau et le suspendit à la patère avant de prendre à son tour la parole.

— As-tu une minute ?

— Bien sûr.

Elle lui avait répondu de ce même ton un peu rigide sur lequel il s'était adressé à elle. Ils ne se parlaient pas très souvent, mais le faisaient toujours avec une politesse extrême, qui frisait la froideur.

Charlie entra dans le salon à la suite de Torr, et se laissa tomber sur le tapis devant la cheminée avec un petit jappement de joie. L'animal ne cherchait pas à cacher sa satisfaction d'être entouré des deux êtres qu'il aimait le plus au monde. Il y avait même quelque chose d'indécent dans le plaisir évident qu'il prenait à les réunir.

Mais cela se produisait somme toute assez rarement. D'un accord tacite, ils avaient divisé la maison en domaines privés. Cette pièce était celle de Mallory — en supposant qu'elle puisse considérer quelque chose comme vraiment « sien » dans cette belle demeure.

Le salon était décoré dans des dégradés de jaune et ocre, qui lui donnaient un aspect lumineux et accueillant. Elle avait elle-même choisi ce savant mélange de tons, ainsi que les peintures, tapisseries, rideaux, et la disposition des meubles. Elle aimait cette pièce, et, une fois les travaux finis, avait apprécié le résultat de ses efforts. Mais elle ne s'y sentait pas chez elle. Torr n'était pour elle qu'un client lorsqu'elle avait aménagé son intérieur. Au moment où elle effectuait ces travaux, pas un seul instant elle n'avait imaginé habiter là. A maints égards, elle était une intruse. Au même titre qu'elle l'était dans son vaste et confortable bureau.

Depuis leur désastreuse nuit de noces, ils faisaient chambre à part. Mallory ne fermait pas à clé la porte de sa chambre, mais Torr n'avait jamais tenté d'y entrer. Elle se demandait d'ailleurs quel était le bénéfice qu'il pouvait bien tirer de ce mariage. Elle avait pour sa part obtenu un toit et le paiement de toutes ses dettes. Torr en revanche se retrouvait à partager son chez-soi avec une personne qui ne semblait pas beaucoup lui plaire.

— Assieds-toi, dit-elle.

Exception faite du tutoiement, elle ne se serait pas exprimée autrement si elle s'était adressée à un étranger.

Chassant cette pensée de son esprit, Mallory prit place dans un fauteuil, et regretta aussitôt de s'être assise. Debout en face d'elle, Torr paraissait immense. Sa présence sombre, austère, semblait occuper toute la pièce. Le bleu profond de ses yeux, qui rappelait la couleur du ciel les soirs d'été, était froid. D'instinct, elle effleura des doigts le petit diamant qu'elle portait en pendentif.

Difficile de deviner à quoi il pensait, sous ce masque impénétrable. Non qu'elle soit bien placée pour reprocher à quiconque de se cacher derrière un masque. Que voyait Torr lui-même lorsqu'il la regardait ? De grands yeux noirs, une bouche charnue, un visage bien dessiné avec des pommettes hautes. Rien de plus. Sous ces traits sereins, sous ce maquillage léger et soigné, elle dissimulait la torpeur dans laquelle l'avait laissée le départ de Steve. La froideur glaciale qui s'était emparée d'elle à ce moment-là, et dont elle ne parvenait à se défaire.

Torr se tenait devant la cheminée, et elle avait l'impression qu'il absorbait toute la chaleur qui en émanait. Le chauffage central assurait une température agréable dans toute la maison, mais elle frissonna et se frotta les bras tandis que le silence se faisait de plus en plus pesant.

— As-tu passé une bonne journée ? demanda-t-elle enfin.

— Assez réussie dans l'ensemble.

Normal. Torr réussissait en général tout ce qu'il entreprenait. Il était aujourd'hui à la tête d'une grosse entreprise de construction en pleine expansion — entreprise qu'il avait lui-même créée quelques années auparavant. Doté d'un flair exceptionnel, il avait aussi racheté et sauvé quelques affaires au bord de la faillite. A Ellsborough, un certain nombre de personnes lui devaient de ne pas avoir perdu leur emploi.

Dans la région, le nom de Torridon McIver était synonyme de réussite.

— Et toi ? s'enquit-il à son tour. Comment as-tu occupé ta journée ?

— J'ai refait mon CV. J'envisage de rechercher un emploi. J'aimerais trouver de nouveau quelque chose en rapport avec l'architecture d'intérieur.

Elle devrait pour cela ravaler son orgueil et frapper aux portes de certains cabinets qui, autrefois, auraient bien voulu fusionner avec elle.

Mallory était prête à franchir ce pas.

Elle préférait ne pas penser à son propre cabinet, laminé par les retombées de l'escroquerie dont s'était rendu coupable Steve. Ne pas penser non plus à la jolie réputation que s'était taillée en peu de temps la petite équipe de talent qu'elle avait elle-même constituée. Ni à la passion avec laquelle elle exerçait son métier.

Quand le célèbre Torr McIver avait fait appel à elle pour décorer la maison qu'il venait d'acheter, dans l'un des plus beaux quartiers d'Ellsborough, Mallory Hunter avait su qu'elle était « arrivée ». Steve avait acheté une bouteille de champagne pour célébrer l'événement.

Elle préférait chasser ces souvenirs-là aussi de son esprit. Un jour, elle avait entre ses mains tout ce dont elle rêvait, le lendemain tout disparaissait. Charlie était tout ce qui lui restait de cette époque dorée.

Trompée, ruinée, Mallory s'était retrouvée dans un état moral où il lui était plus facile de supporter les rapports professionnels un peu brusques qu'elle avait avec Torr, que la gentillesse de ses amis. Il lui avait proposé le mariage et s'était engagé, si elle acceptait, à régler les dettes écrasantes que lui avait laissées Steve. A ce moment-là, accablée comme elle l'était, elle n'avait pas hésité. Elle avait accepté, sans tenir compte des protestations horrifiées de ses plus proches amis.

Ils avaient passé un marché, et elle ne pouvait pas revenir sur sa décision maintenant.

Mais tout doucement, au fil des jours, elle reprenait les rênes de sa vie. Après s'être cachée pendant des mois, elle recommençait à voir des amis. Parler, rire, faire semblant d'aller bien… Tous ces comportements anodins représentaient pour elle un véritable effort, qu'elle parvenait désormais à accomplir.

Elle se sentait prête à passer à l'étape suivante : retrouver un emploi.

— Tu n'as pas besoin de travailler, déclara alors Torr. Tu es ma femme.

Elle ne l'était pas vraiment, et ils le savaient aussi bien l'un que l'autre. Respectant le marché qu'ils avaient passé, Mallory jouait néanmoins son rôle d'épouse à merveille. Elle accompagnait son homme d'affaires de mari à toutes les soirées auxquelles ils étaient conviés, à tous les événements — officiels ou pas — où sa présence était requise. Elle organisait aussi des cocktails et dîners dans la belle maison.

Voilà à quoi se limitait son rôle d'épouse.

— Je ne peux pas passer mes journées à ne rien faire. J'ai besoin d'une activité.

— Tu auras beaucoup de choses à faire, là où nous irons…

Déconcertée, elle cligna des paupières.

— Là où nous irons ? répéta-t-elle. Et… où irons-nous ?

— En Ecosse.

— Comment ? fit-elle, stupéfaite.

— Dans les Highlands. La côte ouest, pour être plus précis. C'est une très belle région. Je suis certain que cela te plaira.

Mais Mallory en doutait. Citadine dans l'âme, elle aimait les boutiques, les restaurants, les galeries d'art, les salles de cinéma. Les images qu'elle avait vues des Highlands montraient une région sauvage et inhospitalière, qui ne l'attirait absolument pas. Torr le savait, elle en était certaine. Et l'expression presque sarcastique qui luisait dans les yeux marine ne la détrompait pas.

— Oh… J'ignorais que tu envisageais des vacances…, dit-elle avec un sourire forcé.

— Il ne s'agit pas de vacances. Nous allons nous installer là-bas. C'est ce que je suis venu t'annoncer.

Le sourire poli se figea sur les lèvres de la jeune

femme. Elle cligna des paupières et, cette fois encore, répéta ce qu'elle venait d'entendre.

— Nous allons… nous installer là-bas ?

— J'ai hérité d'une propriété située dans les Highlands, lui dit-il en sortant une photo de la poche intérieure de son veston.

Après l'avoir posée sur la table basse de verre, il ajouta :

— Voici Kincaillie.

Elle tendit la main et, presque avec précaution, la prit. Sur le cliché apparaissait un château en ruine, juché sur un promontoire qui surplombait une mer grise et houleuse. L'arrière-plan était occupé par la silhouette menaçante d'une montagne.

Mallory releva la tête vers Torr.

— Est-ce une plaisanterie ?

— Ai-je l'air de plaisanter ?

En effet, ce n'était pas l'impression qu'il donnait. Pas le moindre éclat rieur dans son regard, la moindre trace de sourire sur son visage. L'avait-elle jamais vu sourire, d'ailleurs ? Il avait sans doute souri lorsqu'ils s'étaient rencontrés pour la première fois et qu'il avait décidé de lui confier la décoration de sa maison. Si tel était le cas, elle n'en gardait aucun souvenir.

Avait-il souri, le jour de leur mariage ? Certainement, mais ce jour-là restait pour elle plongé dans une sorte de nébuleuse. Cinq mois s'étaient écoulés depuis lors, et elle ne se rappelait que la terrible scène qui avait eu lieu le soir de leurs noces.

Elle concentra de nouveau son attention sur la photo, qu'elle tenait maintenant du bout des doigts.

— Ce… ça ressemble à un château, articula-t-elle.

— C'en est un.

Soulagée, elle vit Torr s'éloigner de la cheminée pour s'installer dans le canapé, en face d'elle. Cette distance lui convenait mieux, pour poursuivre la discussion.

— Sur ce cliché on ne voit que la partie médiévale, poursuivit-il, mais il y a une aile plus récente derrière ce bâtiment. La demeure est donc plus confortable qu'elle n'en a l'air.

— Tu as hérité… d'un château ? insista-t-elle, toujours étonnée.

Mallory était presque convaincue qu'il s'agissait d'une sorte de canular, qu'il aurait monté de toutes pièces pour une raison qui lui échappait.

Un peu comme leur mariage, en fait.

— De tout le domaine, plus exactement. Ainsi que du titre qui va avec, si ça t'intéresse. Me voici donc devenu le nouveau lord de Kincaillie.

Il avait prononcé ces derniers mots d'un ton un

peu ironique, dont il ne se départit pas lorsqu'il ajouta :

— Et dans la mesure où tu es ma femme — bien que rien ne porte à le croire —, cela fait de toi une lady.

« Bien que rien ne porte à le croire. » Elle sentit ses joues s'empourprer, et détourna le regard.

— Je… j'ignorais que tu étais susceptible d'hériter d'un château.

— Pour ne rien te cacher, je l'ignorais aussi. Je savais, certes, que ma famille avait des liens avec Kincaillie, mais de là à imaginer que je serais un jour propriétaire du domaine… Je me rappelle y être allé un jour avec mon père. J'avais seize ans, et mon grand-oncle était nanti de deux fils, ce qui ne pouvait en aucun cas me permettre de deviner que j'hériterais un jour du château. L'un d'eux est mort dans un accident il y a quelques années, et le plus jeune des frères, qui avait à cette époque-là déjà émigré en Nouvelle-Zélande, n'a pas voulu revenir.

Il marqua une brève pause et, la tête penchée sur le côté, enchaîna :

— Il y a une clause particulière dans le legs du domaine, qui en interdit la vente. Kincaillie a donc été laissé à l'abandon pendant toutes ces dernières années. Mon grand-oncle a été emporté par une crise cardiaque il y a quelques mois, et il a fallu à ses avocats quelques mois pour retrouver ma trace.

— Tu viens tout juste d'apprendre la nouvelle ?

— Non. J'en ai été informé il y a deux mois. Je me suis rendu sur place dès que j'ai reçu la lettre. J'ai rencontré les notaires, et j'ai revisité les lieux.

— Il y a deux mois ?

En entendant Mallory hausser le ton, Charlie redressa la tête, regarda autour de lui, puis la reposa entre ses pattes.

— Mais... pourquoi ne m'en as-tu pas parlé ?

— En toute honnêteté, je n'ai pas pensé un seul instant que cela pourrait t'intéresser.

Les traits de Torr se durcirent tandis qu'il reprenait :

— Jusqu'ici, tu n'as pas manifesté grand intérêt à ma vie, me semble-t-il...

La jeune femme sentit ses joues s'embraser de nouveau. Ce qu'il disait était exact. Elle le connaissait à peine lorsqu'ils s'étaient mariés, et n'avait pas appris grand-chose de plus à son sujet, durant ces cinq mois de mariage.

— Si tu m'avais posé des questions au sujet de mon voyage en Ecosse, j'y aurais répondu.

— J'ai… pensé que tu partais en voyage d'affaires, déclara-t-elle, mal à l'aise.

— Et j'ai pensé pour ma part que tu te souciais comme d'une guigne de ce que je faisais.

Ce n'était pas faux. Elle ne s'était souciée de rien depuis que Steve l'avait trahie et abandonnée, avant de quitter le pays, la laissant affronter seule la situation catastrophique qu'il laissait derrière lui.

— Pourquoi m'en parler maintenant, alors ?

— Parce qu'il va falloir que tu commences à préparer le déménagement.

— Pardon ?

— Le déménagement, Mallory. Comme je te l'ai dit, nous allons nous installer à Kincaillie.

Elle retint son souffle.

— Tu… ne parles pas sérieusement, n'est-ce pas ?

— Bien sûr que si.

— Mais ce… cet endroit est en ruine, insista-t-elle avec un autre regard vers la photo.

— Quelques travaux de réfection s'imposent, j'en conviens. Ne disais-tu pas toi-même il y a quelques minutes à peine que tu souhaitais travailler de nouveau ?

— Quelques travaux de réfection ? répéta-t-elle d'une voix suraiguë. Il suffit de regarder ce cliché pour comprendre que la restauration des lieux sera lourde et très longue. En supposant qu'on en voie jamais la fin…

— Peut-être. Mais rester à Ellsborough s'avère désormais impossible. J'ai vendu toutes mes entreprises, et j'ai un acheteur sérieux pour la maison. Il m'a confirmé aujourd'hui même son offre.

Mallory avait du mal à enregistrer cet afflux de nouvelles pour le moins bouleversantes.

— Quelle maison ? articula-t-elle.

— Celle-ci, évidemment.

— Tu as vendu la maison ?

Elle s'était exprimée avec une lenteur délibérée, en détachant chaque syllabe. Un sentiment qu'elle n'avait pas éprouvé depuis longtemps s'insinuait en elle, gagnait du terrain.

La colère.

Elle s'étonnait d'éprouver cette colère. D'éprouver quoi que ce soit, d'ailleurs, après tous ces mois pendant lesquels elle n'avait rien ressenti. C'était pourtant de la rage qui courait dans ses veines, qui réchauffait soudain son sang jusque-là glacé.

— Je n'ai même pas eu besoin de passer une annonce, poursuivait Torr, une pointe d'amusement dans la voix. Je connaissais tellement de gens qui s'étaient dits intéressés, si je décidais de la mettre en vente, qu'il m'a suffi de choisir l'offre la plus avantageuse. Bien entendu, le fait qu'elle ait été aménagée par Mallory Hunter lui apporte beaucoup de valeur et en augmente donc le prix. J'imagine que tu es heureuse de l'apprendre…

Comme mue par un ressort, la jeune femme se leva d'un bond. Ce geste vif tira de nouveau Charlie de sa torpeur. Après s'être redressé, l'animal lança un regard affolé à sa maîtresse. Il ne l'avait jamais vue dans un tel état. Les joues écarlates, les traits crispés, elle croisait et décroisait les doigts avec des gestes saccadés.

Mallory elle-même ne gardait pas le souvenir d'avoir jamais été dans un état pareil. La colère l'assaillait, l'envahissait tout entière, emplissait toutes les fissures, les crevasses qui s'étaient creusées en elle pendant cette longue période où elle s'était recroquevillée sur elle-même. Elle redevenait Mallory Hunter, grande fille de trente-deux ans, décoratrice d'intérieur de renom. Elle abandonnait le rôle de femme meurtrie, qu'elle jouait depuis que Steve l'avait quittée.

— La maison est quasiment vendue, et pas une seule fois tu n'as pris la peine d'en discuter avec moi ? lança-t-elle d'un ton cinglant.

— Pourquoi l'aurais-je fait ?

— Je suis ton épouse !

— Uniquement quand cela te convient ! répliqua-t-il, d'une voix dépourvue d'aménité. Comme lorsqu'il a été question d'éponger tes dettes, par exemple !

Cette fois encore elle rougit, mais resta ferme sur ses positions.

— Nous avons passé un accord, lui rappela-t-elle. Tu m'as dit que tu avais besoin d'une hôtesse, une personne qui t'accompagne en certaines occasions, et qui sache aussi recevoir. Quelqu'un qui n'aurait aucune attente d'ordre sentimental à ton égard. J'avais besoin de vivre chez quelqu'un qui puisse accueillir Charlie... et en effet, qui se charge de couvrir mes dettes. Mais toutes ces clauses faisaient partie de notre marché ! La maison aussi. Or tu m'annonces maintenant que tu es sur le point de signer le contrat de vente, sans avoir évoqué une seule fois devant moi cette éventualité.

Il haussa les épaules.

— Je fournis en échange un autre toit. Un endroit qui plaira davantage encore à Charlie.

Dans un geste destiné à chasser le sentiment d'effroi qui la submergeait, Mallory croisa les bras sur sa poitrine et se tourna vers la cheminée. La vive colère qui s'était emparée d'elle un peu plus tôt se dissipait déjà. Elle se sentait piégée, au bord de l'asphyxie.

Il existait sûrement un moyen de se tirer de cette situation. Elle devait s'efforcer de ne pas paniquer. Rester sereine.

Après une profonde inspiration, elle se décida à reprendre la parole.

— Je suggère que… que nous discutions calmement de cette affaire. Je suis bien consciente de t'être redevable de bon nombre de services, Torr. Consciente aussi de ne pas m'être montrée… des plus aimables. Tu as raison, jusqu'ici je n'ai pas fait beaucoup d'efforts pour que notre mariage fonctionne, mais dorénavant ça va changer. Il faut que… je tourne la page sur Steve. Que j'aille de l'avant.

L'expression de Torr restait fermée.

— Nous avons eu des débuts… difficiles, poursuivit-elle, agacée par cette façon qu'elle avait de buter sur les mots, qui trahissait sa nervosité.

— C'est le moins qu'on puisse dire !

Il ponctua cette phrase d'un petit rire sec, qui fut suivi d'un silence. Et elle eut l'impression de remonter le temps, de se retrouver dans cette chambre d'hôtel luxueuse qu'elle avait trouvée affreuse au premier regard. Dès qu'elle y était entrée, elle avait compris — mais un peu tard — qu'elle venait de commettre une terrible erreur.

— Ne fais pas cela, Mallory ! lui avait dit son amie Louise. Tu ne peux pas épouser un homme que tu n'aimes pas. Tu seras malheureuse.

Mais elle n'avait pas écouté Louise. Malheureuse, ne l'était-elle pas déjà ? La situation pouvait-elle être pire ? En outre, Torr savait pertinemment qu'elle ne l'aimait pas. En termes de faux sentiments, lui avait-il dit, son ex-femme ne l'avait pas épargné.

— Je n'attends pas de vous que vous fassiez semblant de m'aimer, avait-il déclaré en la demandant en mariage. Je sais ce que vous ressentez pour Steve.

Ils avaient donc décidé que leur union serait un arrangement à visée pratique. Ils ne simuleraient ni l'un ni l'autre des sentiments qu'ils n'éprouvaient pas. Sur le moment, les bases de cette alliance lui avaient semblé raisonnables. Mieux encore, ce mariage avec Torr lui était apparu comme la seule option possible.

Elle avait pensé que cela ne lui poserait pas de problème particulier. Elle avait même anticipé les difficultés de la nuit de noces, mais avait alors réussi à se convaincre que tout se passerait sans encombre. Ces mariages de raison, toujours en vigueur dans certaines parties du globe, étaient autrefois monnaie courante. Si d'autres femmes parvenaient à vivre ce genre de situation, il n'y avait aucune raison qu'elle n'y parvienne pas elle aussi.

Elle était toutefois résolue à ne surtout pas oublier les moyens contraceptifs. Cette relation dépourvue d'amour représentait certes pour elle la solution, mais ne devait pas pour autant se solder par une naissance.

Mallory avait donc prêté serment, se croyant prête.

Mais lorsque Torr s'était rapproché d'elle ce soir-là, elle avait sursauté et s'était caché le visage dans les mains.

— Je… suis désolée, avait-elle murmuré d'une voix tremblante. C'est impossible. Je ne supporte pas que quelqu'un d'autre que Steve me touche…

Elle comprenait la réaction de colère de Torr. Elle n'oubliait ni les mots durs qu'il lui avait lancés au visage, ni le ton méprisant et glacial sur lequel il les avait prononcés, mais considérait néanmoins les avoir mérités.

— Nous pouvons divorcer, avait-elle fini par lui proposer.

Mais il avait refusé d'en entendre parler.

— Et admettre ainsi mon échec aux yeux de tout Ellsborough ? Merci bien ! Il n'en est pas question. Tu peux faire ce que tu veux quand tu es seule, Mallory. Si tu as envie de passer ton temps à pleurer cet escroc de bas étage qu'est Steve Brewer, libre à toi. Mais aux yeux de tout un chacun, notre mariage doit apparaître comme un bon choix. Une réussite ! avait-il conclu avec un regard dur.

Leur simulacre de mariage s'était donc poursuivi. Mallory avait joué les compagnes parfaites en société, en échange de quoi Torr l'avait laissée vivre à sa guise.

Elle aurait dû lui en être reconnaissante, mais la tristesse, l'amertume engendrées par ce mode de fonctionnement ne lui échappaient pas. Ces derniers temps, elle s'était interrogée sur les éventuelles façons d'améliorer leurs relations. Torr semblait néanmoins camper sur ses positions, et ses fragiles résolutions n'avaient pas fait long feu.

Elle allait maintenant devoir retenter sa chance.

— J'ai souvent l'impression d'être un train qui a déraillé, commença-t-elle, cherchant à expliquer son comportement. Depuis le départ de Steve, il me semble être un véhicule resté sur le bas-côté de la route, avec les roues qui tournent encore, mais dans le vide. Je suis bien consciente de n'avoir pas fait grand-chose jusqu'ici, Torr. De m'être bornée à enchaîner les jours, les uns après les autres. Mais il est temps que je me remette sur la voie, à présent.

Torr l'écoutait, impassible, et elle sentit son estomac se nouer. Ses tentatives allaient-elles rester sans effet ?

— Voilà pourquoi j'ai décidé de me mettre en quête d'un emploi, poursuivit-elle d'une voix mal assurée. J'ai besoin de reprendre une activité professionnelle, de renouer avec mes amis. Si nous restons ici, nous pourrions… repartir sur de nouvelles bases.

— Rien ne nous empêche de le faire en Ecosse.

Ravalant son orgueil, elle avança d'un pas vers lui. Elle n'imaginait pas être arrachée à cet environnement familier au moment où elle en avait le plus besoin, pour être lâchée sur les terres sauvages des Highlands.

— Je suis prête à te supplier, si c'est là ce que tu attends de moi. Mais de grâce, ne m'oblige pas à partir. Je suis ici chez moi…

— Là-bas aussi tu auras un chez toi, répliqua-t-il, imperturbable.

A ces mots, elle lâcha un rire rauque, qui ressemblait à un sanglot.

— Tu parles de cette ruine ? Je m'imagine bien installée sur ce domaine…

Torr haussa les épaules.

— N'importe quel endroit au monde peut devenir un « chez-soi ».

Elle eut l'impression que la température de la pièce chutait soudain, et se rapprocha de nouveau de la cheminée. Mais elle eut beau se frictionner les bras devant la belle flambée, la sensation de froid persistait.

— Tu cherches à me punir, n'est-ce pas ? fit-elle enfin.

— Pourquoi voudrais-je te punir, Mallory ?

— Tu le sais très bien.

— Allons bon ! Tu imagines que j'ai échangé cette maison contre un château délabré, parce que ma femme ne supporte pas que je la touche ? Tu n'occupes pas une place si importante dans ma vie.

Elle accusa le coup.

— Mais alors… pourquoi déménager ?

— Parce que j'en ai envie, tout simplement. Kincaillie m'appartient.

Elle décela dans sa voix un accent qu'elle n'y avait jamais perçu. Quelque chose de chaud, d'intense, qui l'incita à se tourner vers lui.

— Sache bien que je ne t'oblige à rien du tout.

Si tu veux rester à Ellsborough, restes-y. C'est ton choix. Mais la maison est en quelque sorte vendue, il ne me reste plus qu'à signer quelques derniers documents. Et je n'envisage en aucun cas de revenir sur ma décision. Les nouveaux propriétaires prendront possession des lieux dans un mois. Il faudra donc que tu trouves un autre endroit où loger.

Ainsi que deux cent cinquante mille livres. Torr ne dit rien, mais les mots parurent suspendus dans l'air. Où diable trouverait-elle cette somme ?

Il ne vint pas à l'esprit de Mallory que les dettes avaient été réglées, et qu'elle pouvait mettre un terme à ce mariage si elle le voulait. Cet argent, elle ne le devait plus à de nombreux créanciers en colère, mais à Torr seulement.

D'un geste empreint de lassitude, elle repoussa en arrière sa masse de cheveux bruns. C'était facile de rendre Steve responsable de tout, mais elle portait elle aussi une lourde part de responsabilité dans cette affaire. N'était-ce pas elle qui avait persuadé Torr d'investir dans le projet de Steve, visant à rénover de vieux entrepôts situés en bordure du fleuve ?

Elle se rappelait très bien l'enthousiasme qu'elle avait ressenti lorsque son compagnon lui avait montré les plans du projet en question. C'était pour elle le début d'une merveilleuse aventure. Ils travailleraient ensemble, réhabiliteraient des quartiers entiers. Il se chargerait des bâtiments, elle de la décoration. Ils formeraient une équipe parfaite. Sans la moindre hésitation, elle avait hypothéqué sa maison et son cabinet, puis s'était associée à Steve.

Et lorsqu'il s'était enfui avec tout l'argent versé par les investisseurs, Mallory s'était retrouvée seule responsable de cette escroquerie.

Torr ne faisait pas partie de ceux qui avaient réclamé leur dû.

— Ça m'apprendra à faire aveuglément confiance..., avait-il dit à la jeune femme avec un simple haussement d'épaules. J'aurais dû me renseigner davantage sur le sérieux de cet architecte, voilà tout.

Mais d'autres créanciers s'étaient montrés beaucoup moins compréhensifs. Le mariage avec Torr avait résolu le problème des dettes.

Un quart de million de livres ! Si l'homme d'affaires ne considérait pas un tel chiffre comme une somme énorme, il n'en allait pas de même pour Mallory. Elle imaginait d'ailleurs mal comment elle parviendrait à la rembourser.

A ce stade de ses pensées, elle se mordit la lèvre. L'argent n'était pas le seul élément qui l'avait poussée à accepter la demande en mariage de Torr. Sa maison avait été saisie ; or, sans emploi et sans argent pour payer un loyer, elle s'était retrouvée aussi sans toit. Pendant quelque temps, elle avait dormi chez des amis, sur leurs canapés. Cette situation ne pouvant pas durer bien longtemps, sa sœur lui avait proposé de l'héberger. Mais elle habitait un immeuble où les animaux n'étaient pas acceptés.

— Pourquoi ne pas ramener Charlie au refuge ? lui avait alors suggéré celle-ci. Ils finiront bien par lui trouver d'autres maîtres.

Mallory n'avait cependant pas pu se résoudre à se séparer de l'animal. Autant pour lui que pour elle, d'ailleurs. L'inébranlable affection du chien était tout ce qui lui restait.

Le mariage avec Torr lui était donc apparu comme la seule solution à tous ses problèmes. Et d'un point de vue matériel, la situation n'avait guère évolué depuis.

— Il est temps que tu saches ce que tu veux, Mallory, déclara-t-il, caustique. Et que tu sois prête à l'assumer ! Si tu ne souhaites pas venir à Kincaillie, cela ne pose aucun problème. Installe-toi chez ta sœur, trouve un emploi, et commence à rembourser l'argent subtilisé par ton cher associé.

— Je ne peux pas amener Charlie chez ma sœur.

— Dans ce cas, je l'emmènerai avec moi dans les Highlands.

Elle sentit son sang se glacer un peu plus encore dans ses veines.

— Non ! Tu ne partiras pas avec Charlie. C'est du chantage !

— Pas du tout, rétorqua-t-il avec un geste impatient. Je me borne à te décrire la situation telle qu'elle est. A toi de choisir : soit tu restes ici, seule, soit tu m'accompagnes à Kincaillie et tu gardes Charlie. Nous pourrions prendre un nouveau départ… ce qui ne nous ferait pas de mal !

Se séparer du chien relevait pour elle de l'impossible. Elle n'envisageait pas ce déménagement comme un « nouveau départ ». Elle était piégée, et Torr le savait.

— D'accord, dit-elle enfin dans un souffle.

2.

Le véhicule roulait lentement, en brinquebalant, sur la route remplie de nids-de-poule. Mallory avait l'impression que ce trajet durait depuis des heures. De fortes rafales de vent soufflaient, faisant parfois même tournoyer le rideau de pluie. Sous la lumière puissante des phares, les gouttes paraissaient énormes.

Il y avait maintenant plus de onze heures qu'ils avaient quitté Ellsborough, et les dernières s'étaient déroulées dans l'obscurité la plus absolue. Pas la moindre lumière de phares, le moindre signe de vie alentour. Fatiguée comme elle l'était, la jeune femme ne remarqua pas tout de suite qu'ils s'étaient arrêtés.

Les yeux plissés, elle dut fixer avec intensité la zone éclairée par les phares pour distinguer à travers la pluie une porte massive, en pierre. Le vent hurlait autour d'eux, secouant presque la voiture par moments, et Torr dut élever la voix pour couvrir ce bruit.

— Bienvenue à Kincaillie, dit-il.

Elle ne lui répondit pas.

Les doigts crispés sur le petit diamant qu'elle portait au cou, elle ferma les yeux. Il s'agissait sûrement d'un cauchemar. Elle allait maintenant se réveiller. Steve serait allongé à côté d'elle. Le soleil entrerait par les volets entrouverts. Il allait la prendre dans ses bras…

Mais lorsqu'elle souleva de nouveau les paupières, elle dut se rendre à l'évidence : l'horrible scène qui l'entourait était bien réelle. La pluie, le vent, la nuit noire… Et l'homme assis au volant n'était pas Steve, mais Torr. Torr qui n'avait pratiquement pas desserré les lèvres de tout le voyage. Depuis leur départ d'Ellsborough, il conduisait, les traits tendus.

A ses pieds, Charlie s'étira et poussa un petit gémissement. La voiture était si chargée qu'il avait dû s'installer là. A intervalles réguliers, Mallory se penchait vers lui pour lui caresser la tête, retirant au moins autant de réconfort de ce geste qu'elle en apportait à l'animal.

Torr coupa le moteur et sortit une lampe de la boîte à gants.

— Je vais te faire visiter les lieux, et ensuite nous déchargerons nos bagages.

Mallory ne bougea pas. Elle s'en sentait incapable. Un mélange de fatigue et de peur la gardait rivée à son siège. Une fois de plus, elle serra le petit diamant dans le creux de sa main. Mais l'univers joyeux et ensoleillé dans lequel elle avait vécu avec Steve avait disparu, la laissant plongée dans le noir, le froid, la solitude.

La laissant face à Torr. Son mari. Un inconnu.

Il éteignit les phares, et elle ne put contenir un petit cri de frayeur. L'instant suivant, il allumait la lampe de poche.

— Allons-y, fit-il.

Comme elle restait toujours figée, il ajouta :

— A moins que tu veuilles passer la nuit là ?

Certainement pas ! Mais elle ne tenait pas non plus à quitter l'abri de la voiture, pour affronter le monde inapprivoisé qui l'attendait au-dehors. Elle hésitait encore quand Torr ouvrit sa portière. Elle réagit alors aussitôt. Pour rien au monde elle ne resterait là, toute seule ! Elle rêvait d'un bain bien chaud, d'un remontant et d'un lit dans lequel elle dormirait une semaine entière — en espérant reléguer à tout jamais cette journée au fond de son esprit. Et il y avait peu de chances que toutes ces bonnes choses arrivent jusqu'à elle.

Le vent soufflait si fort qu'elle dut tenir la portière à deux mains pour empêcher qu'elle ne se referme avant que Charlie ne soit descendu. Ravi de pouvoir enfin étirer les pattes, le chien ne se fit pas prier pour quitter le véhicule. Se moquant bien du froid et de l'humidité, il se mit à tourner autour de la voiture et à renifler toutes ces odeurs qui ne lui étaient pas familières.

Mallory l'enviait. Elle aurait tant aimé, elle aussi, ignorer cet environnement hostile. Après avoir refermé la portière en hâte, elle tenta de retenir d'une main ses cheveux, ébouriffés par le vent, puis s'empressa de rejoindre Torr.

— Moment crucial où on s'aperçoit qu'on a perdu la clé, et qu'il faut rebrousser chemin pour rentrer chez soi ! lança-t-elle avec un rire nerveux.

S'agissait-il de sa part d'une plaisanterie, ou d'un secret espoir ? Une plaisanterie, plutôt, car elle s'imaginait mal repartir en sens inverse. Après ce long trajet, elle n'envisageait pas de remonter de sitôt en voiture, même pour retourner vers la civilisation.

La lampe de poche bien coincée dans une main, Torr tourna la poignée de l'autre et donna un coup d'épaule au battant récalcitrant. Celui-ci céda dans un long grincement qui aurait remporté le prix du son dans un festival de films d'horreur.

— Nous sommes ici « chez nous », répliqua-t-il. Et je n'ai besoin d'aucune clé pour entrer !

Dès qu'elle fut à l'intérieur, Mallory comprit pourquoi la sécurité ne représentait pas un problème. D'ailleurs, le terme « intérieur » ne semblait pas très adapté aux lieux. Le faisceau lumineux balaya un hall qui avait des allures de caverne. Lorsque Torr baissa le bras, éclairant ainsi le sol, elle remarqua que des mauvaises herbes poussaient entre de grosses dalles en pierre. Et il n'y avait apparemment pas de toit — ou alors en piteux état —, puisque la pluie continuait de tomber. Du moins les parois latérales les abritaient-elles du vent.

Une clé pour accéder à cet endroit ne paraissait pas indispensable, en effet. Que pourrait-on y voler ?

Abasourdie, Mallory suivait le trajet du faisceau lumineux sur les murs épais, qui suintaient l'humidité. Le halo jaune s'arrêta quelques instants sur le foyer enduit de suie d'une grande cheminée en pierre, puis sur un bel escalier en colimaçon, où des oiseaux semblaient avoir fait leur nid, et enfin sur…

Elle s'arrêta et passa la langue sur ses lèvres

sèches. Oui, c'était bien une armure qui occupait un coin de ce grand espace. Seigneur… cet endroit était pire encore qu'elle ne l'avait imaginé. Mais elle ne pleurerait pas. Si elle n'avait pas pleuré quand Steve l'avait quittée, la laissant dans une si horrible situation, il n'y avait pas de raison qu'elle le fasse maintenant.

— C'est charmant, observa-t-elle en resserrant autour d'elle son manteau imperméable.

— Ravi que l'endroit te plaise…

Etonnée, elle perçut une pointe d'amusement dans la voix de l'homme qu'elle avait épousé. Appréciait-il le sarcasme, ou se réjouissait-il plutôt de son désarroi évident ?

— La cuisine est en meilleur état, ajouta-t-il.

— Vraiment ? Il me tarde de la voir…

Torr braqua la lampe droit devant lui, et se dirigea vers une porte située au fond du grand hall d'entrée. Nerveuse, Mallory regarda autour d'elle et siffla pour appeler Charlie. Ce n'était pas le moment de se séparer de l'animal, qui arriva, tout content de participer à la visite.

La gorge nouée, elle suivit le maître des lieux dans un dédale de couloirs sombres. La respiration haletante du chien, qui les accompagnait, la rassurait. Elle se demandait comment Torr parvenait à s'y retrouver dans cet entrelacs de passages, qui lui semblaient de plus en plus sinistres et terrifiants.

Elle n'avait plus la moindre envie de lancer des remarques caustiques. Le froid, la fatigue et la peur avaient eu raison de ses dernières forces. Elle enviait à Charlie son manque d'imagination, qui lui permettait de continuer d'avancer gaiement. Elle avait elle-même de plus en plus de mal à mettre un pied devant l'autre.

Lorsque Torr s'arrêta à une bifurcation, elle oublia son orgueil pour franchir la faible distance qui les séparait et s'agripper à son veston.

— Aurais-tu peur ? fit-il, se tournant vers elle.

— Evidemment ! Comment ne pas avoir peur dans ce château délabré isolé du reste du monde, que nous visitons en pleine nuit, dans le noir ? Vu la chance qui me caractérise depuis quelques mois, ce ne serait pas surprenant que je me retrouve aux oubliettes !

— Non, elles sont à l'opposé.

Pour son plus grand soulagement, il lui prit alors la main.

— Nous sommes presque arrivés. Ça te semble loin parce que nous marchons dans l'obscurité et que tu ne connais pas les lieux.

Sa main était chaude, ferme, rassurante, et Mallory se sentit aussitôt mieux.

— Il… n'y a pas réellement d'oubliettes, n'est-ce pas ?

— Cela ne me surprendrait pas outre mesure qu'il y en ait. Kincaillie est un château médiéval.

Un nouveau frisson la parcourut, et elle serra un peu plus fort la main de Torr.

— Oh… Elles sont peut-être remplies de squelettes. Peut-être même y a-t-il… des fantômes partout !

— Voyons, Mallory, les fantômes n'existent pas… Je t'ai toujours considérée comme une femme raisonnable. Certainement pas du genre à croire aux fantômes !

— C'est ce que je pensais moi aussi. Avant d'arriver ici… et d'entendre des bruits de chaînes ! conclut-elle avec un rire sec.

— Tu ne risques pas d'entendre ce genre de bruit. Nous sommes dans l'aile moderne.

— Moderne ? C'est-à-dire… de quel siècle ?

— Du XIXe, admit-il. Quoi qu'il en soit, bien après l'ère des oubliettes.

— Et avant celle de l'électricité, apparemment…

Ils avaient repris leur marche dans les couloirs.

— Il y a l'électricité. Si tu veux bien m'accorder une petite minute... Nous sommes presque arrivés.

Il poussa une porte, et Mallory entendit un petit « clic » avant que la lumière ne se fasse soudain autour d'elle. Une lumière assez faible, dispensée par deux ampoules qui éclairaient une pièce de vastes dimensions, aux murs en partie revêtus d'un carrelage d'un beige sale.

— Voici la cuisine, lança Torr, avec une sorte de fierté que la jeune femme jugea déplacée.

Il n'y avait certes là aucune armure, et les mauvaises herbes ne poussaient pas sur le sol, mais l'aménagement sommaire ne justifiait certainement pas cette fierté.

— Alors, qu'en penses-tu ? reprit-il, promenant autour de lui un regard de propriétaire satisfait. Il y a là tout le nécessaire : placards, évier, et même un réfrigérateur avec une partie congélateur. Tout le confort moderne !

Regardant elle aussi autour d'elle, Mallory fronça le nez.

— De toute évidence, nous n'avons pas tout à fait la même conception de la modernité...

— Regarde, les rangements sont très spacieux, dit-il, désignant du bras trois placards alignés sur le même mur.

— Dommage que nous n'ayons précisément pas grand-chose à y ranger..., répliqua-t-elle, un peu acerbe.

Avant leur départ d'Ellsborough, Torr avait chargé une entreprise de déménagement de vider la maison et de tout stocker dans un grand garde-meuble qu'il avait loué. Ils n'avaient emporté avec eux que le strict nécessaire : ce qu'ils avaient pu caser dans la voiture et dans une remorque.

« Nous n'aurons pas besoin de grand-chose là-bas, lui avait-il dit. Prenons l'essentiel. »

« L'essentiel » remplirait tout au plus un placard.

— Mieux vaut avoir trop de place que pas assez.

Ce n'était pas la place qui manquait. L'appartement qu'occupait autrefois Mallory dans le centre-ville, avait une surface inférieure à cette « cuisine », dont une partie était aménagée en salon. Cette partie-là était elle aussi pourvue d'une grosse cheminée en pierre, devant laquelle étaient installés deux fauteuils tapissés de tissu défraîchi.

— C'est ici que mon grand-oncle a passé ses dernières années au château. Jusqu'à ce que son fils ne l'installe dans une maison de retraite. Ses moyens ne lui permettaient plus d'entretenir Kincaillie, mais il n'a consenti à quitter les lieux qu'à l'âge de quatre-vingt-dix ans. Il faut dire qu'il était impossible de trouver quelqu'un qui vive ici pour s'occuper de lui à plein temps.

— Ah ? Comme c'est étrange ! ironisa-t-elle.

Ignorant cette remarque, Torr décida de poursuivre la visite.

— Comme il n'occupait plus que ces quartiers, toutes les commodités y ont été ajoutées : une salle de bains, et même une chambre attenante.

Torr ouvrit une porte, et les premières impressions de Mallory se confirmèrent : ce château était bien l'endroit le plus lugubre et déprimant qu'elle ait jamais vu. Réduite à sa plus simple expression, la salle de bains se composait d'une baignoire à pieds, d'un lavabo et d'un WC. D'un blanc gris, cet équipement sanitaire était sans doute installé là depuis des lustres. Elle qui rêvait d'un bain chaud…

— Et… où dormait-il ? s'entendit-elle demander.

— Suis-moi.

Mallory sur ses talons, il traversa un petit couloir qui les conduisit à une autre pièce.

— Je suppose que ce lieu faisait autrefois office de salon. Il devait être réservé aux domestiques qui voulaient s'accorder un peu de repos entre deux services. Comme tu peux le constater, ça fait désormais une chambre parfaite.

« Question de point de vue », songea-t-elle.

— Il y a un toit, c'est déjà ça…

— Et un lit, ajouta-t-il, le menton pointé vers le grand lit aux montants de bois. Et une armoire. Et une commode. Que te faut-il de plus ?

Les yeux rivés sur le matelas certainement pas assez épais à son goût, Mallory pensa à la chambre douillette qu'elle avait aménagée dans son ancien appartement. A celle, très confortable, qu'elle occupait dans la belle maison vendue la semaine passée.

— Je… ne saurais que te dire, murmura-t-elle, circonspecte.

Fatiguée comme elle l'était, elle savait cependant qu'elle dormirait n'importe où ce soir-là. Ce fut à ce moment-là qu'une pensée lui traversa l'esprit.

— Et toi, où vas-tu dormir ?

— Ici, lui répondit-il sans hésiter. Avec toi. Et il est inutile que tu me regardes de cette façon, je suis tout à fait conscient de ce que tu ressens à mon égard. Crois-moi, je n'ai moi non plus aucune envie de réitérer l'expérience de notre nuit de noces !

Il s'était exprimé d'un ton sec. Le menton relevé, elle se tourna vers lui.

— Dans ce cas, excuse-moi mais je ne comprends pas que tu souhaites partager de nouveau un lit avec moi !

— Je ne le souhaite pas particulièrement, mais il se trouve que je n'ai pas le choix ! Pour le moment, cette chambre est la seule qui soit utilisable. Ce lit est le seul dont nous disposions, précisa-t-il, insistant sur le « nous ». Il fait un peu frais pour dormir par terre, donc voilà tout ce dont nous disposons !

Retournant vers la cuisine, il ajouta avec désinvolture :

— Et n'oublions pas que le corps humain est une source de chaleur non négligeable !

— Et pourquoi n'as-tu pas jugé utile de m'informer de ce… détail… avant ?

Elle était déjà repartie sur ses traces. Le suivre ainsi ne lui plaisait guère, mais la perspective de rester seule ne serait-ce que quelques instants dans cet horrible château lui était plus insupportable encore.

— Tu savais pertinemment que nous devrions dormir ensemble, je suppose ? lança-t-elle, lorsqu'ils furent de retour dans la cuisine.

— Désolé mais je ne vois pas bien ce que cela aurait changé.

Mallory dut admettre qu'il avait raison. Quelle autre option avait-elle, pour garder Charlie ?

— Soit. Mais j'aurais au moins été avertie.

— Et alors ? Une femme avertie en vaut deux ? railla-t-il. De toute façon, tu étais décidée à ne rien aimer de Kincaillie. A quoi bon ajouter quelque chose qui t'aurait rendu plus désagréable encore ce déménagement ?

Que répondre à cela ? Elle se tut donc et, une fois de plus, le suivit lorsqu'il déclara qu'il était temps de commencer à décharger la voiture. Comme un automate, elle rentra les différents sacs et paquets, laissant à Torr le soin de porter les plus lourds.

Ceci étant fait, elle sortit les écuelles de Charlie et lui donna à manger et à boire pendant que Torr installait le réchaud à gaz qu'il avait amené. Comme elle s'occupait du chien, elle observa à la dérobée l'homme qu'elle avait épousé. C'était la première fois qu'elle le voyait se livrer à ce genre d'activité, et elle ne put qu'admirer l'habileté de ses gestes. Jusque-là, elle avait toujours vu en lui un brillant homme d'affaires, ne sachant faire absolument rien d'autre que gagner de l'argent. Or il paraissait tout à fait à l'aise dans ce semblant de cuisine.

Charlie, qui avait dévoré d'un bel appétit le contenu de son écuelle, se désaltéra bruyamment avant de s'allonger sur le tapis élimé, face à la cheminée où Torr avait réussi à allumer un feu. La tête posée sur les pattes, il poussa un petit grognement de plaisir.

— Ça ne doit pas être désagréable d'être un chien, parfois…, observa Torr.

— En effet. Une écuelle de pâtée et un endroit où pouvoir s'allonger font de lui le plus heureux des animaux ! Je ne tiens pas spécialement à la pâtée, mais un lit en revanche… As-tu apporté les draps et couvertures ?

— Oui. Je les ai mis dans la chambre.

— Dans ce cas, je vais faire le lit.

Torr avait de toute évidence décidé qu'ils dormiraient ensemble — pour la punir, qu'il veuille bien l'admettre ou pas — et elle ne lui ferait pas le plaisir d'insister pour qu'il en soit autrement. Elle était de toute façon bien trop fatiguée pour livrer bataille. Elle n'avait qu'une hâte : se coucher. Et ce n'était certainement pas Torr qui l'empêcherait de dormir !

La température de la chambre était basse. Elle frissonna et s'empressa de s'activer. Quelques minutes plus tard, le lit lui paraissait très accueillant, recouvert de draps propres, de couvertures et d'un épais édredon.

Lorsqu'elle rejoignit la cuisine, les bûches flambaient dans la cheminée, apportant à cette grande pièce sinistre une note de gaieté.

— J'ai préparé du thé, dit-il. Assieds-toi.

Il avait recouvert les fauteuils de couvertures de voyage, et ce fut avec plaisir qu'elle s'y installa et accepta la tasse qu'il lui tendait.

— Merci.

Le regard rivé sur les flammes, elle avala quelques gorgées du breuvage brûlant. Les souvenirs de sa maison bien chauffée affluèrent alors, inopinément. Mais cette maison n'était plus la sienne depuis que Steve s'était enfui, la laissant seule, humiliée, face à d'énormes dettes.

Seule, elle ne l'était plus désormais. Elle avait un mari qui la méprisait.

Elle poussa un soupir.

— Le château te plaira davantage en plein jour.

Ça pouvait effectivement difficilement être pire…

— J'espère que tu ne te trompes pas. Bien que… j'aie du mal à imaginer ce qui pourrait me plaire ici.

— Les collines, la mer, la quiétude, s'empressa-t-il de lui répondre. Les odeurs qui flottent dans l'air. Le cri des oiseaux. L'espace. Pas de téléphones qui sonnent, ici. Ni d'e-mails, ni de date limite à respecter, ni de problème à résoudre dans les plus brefs délais.

Elle se tourna vers lui, surprise.

— J'ai toujours pensé que tu aimais ce mode de vie, cette agitation permanente. Que tu avais besoin de l'adrénaline des négociations en affaires.

— J'aime autant celle que m'apporte la difficile ascension d'une montagne. Je ne veux pas dire par là que le monde des affaires me déplaît, mais mon plan initial était de gagner assez d'argent pour acheter un endroit à la campagne. Pas aussi grand que ce domaine, bien sûr. Je pensais plutôt à une ferme, un lieu où il me serait possible de vivre de la terre.

Il s'interrompit, le temps d'avaler une gorgée de thé, puis reprit :

— La réussite en affaires va de pair avec un certain nombre de responsabilités. Quand on commence à employer beaucoup de gens, on ne tarde pas à s'apercevoir qu'ils dépendent de nous, et on a de plus en plus de mal à envisager de vendre.

L'expression sceptique de la jeune femme l'incita à rectifier :

— Je ne tiens pas à passer pour un saint, en te faisant croire que je suis resté fidèle à mon poste pour le seul salut de mes équipes. J'aimais aussi mon activité, bien entendu. Et on se dit toujours que si on passe un dernier marché qui nous rapportera une coquette somme, l'heure de se retirer aura sonné. Et puis un autre marché se présente, une autre jolie somme... Qui sait combien de temps encore je serais resté à la tête de toutes ces entreprises si je n'avais pas reçu cette lettre m'annonçant que j'héritais de Kincaillie ?

Torr se pencha pour mettre une autre bûche dans la cheminée. Comme elle l'observait par-dessus le bord de sa tasse, Mallory songea qu'elle en avait appris plus long sur cet homme en l'espace de quelques minutes qu'en cinq mois de mariage. Jusqu'ici, il n'avait pratiquement jamais parlé de lui.

Et elle s'était bien gardée de lui poser la moindre question.

Cette pensée la mit mal à l'aise, et elle changea de position.

— L'arrivée impromptue de ce courrier m'a, en quelque sorte, ouvert les yeux, reprit-il sans remarquer la gêne passagère de la jeune femme. J'ai pris conscience d'être resté sur cette voie bien plus longtemps que je ne l'avais décidé au départ. Et j'ai compris que je devais faire un choix. Soit je continuais à diriger mes entreprises et à gagner beaucoup d'argent, soit j'abandonnais ce monde-là et je revenais à Kincaillie.

— Revenais ? Je pensais que tu n'étais venu ici qu'une seule fois…

— En effet. Mais le château joue un rôle important dans l'histoire de notre famille. Mon père parlait souvent de Kincaillie. Il tenait ces informations de son propre père, qui y avait vécu. En qualité de fils cadet, celui-ci avait quitté le domaine pour mener sa vie ailleurs, mais n'avait jamais oublié le château.

Le regard posé sur l'âtre, il poursuivit :

— Jamais je n'ai imaginé posséder un jour Kincaillie mais, d'une certaine façon, j'y ai toujours été attaché. J'ai encore du mal à croire que je suis aujourd'hui propriétaire des lieux.

Il regarda autour de lui.

Mallory l'imita. Elle avait pour sa part du mal à croire qu'elle puisse se trouver là, dans cette ruine perdue au beau milieu des Highlands.

— Et curieusement, j'ai aussi l'impression de rentrer au bercail.

— Pas moi…, murmura-t-elle.

— J'avais cru le remarquer !

Charlie s'était levé pour avancer vers une porte que Mallory n'avait pas remarquée jusque-là, et qui menait apparemment à un jardin.

— Je m'occupe de Charlie. Va te coucher, tu as l'air épuisée.

Elle hésita, et croisa son regard au moment où il se levait. Un regard indifférent. Torr lui avait dit en termes très clairs qu'elle ne jouait pas un rôle prépondérant dans sa vie, loin de là. Elle lui sut néanmoins gré de lui laisser le temps de se préparer seule pour la nuit qu'ils passeraient à deux.

Une fois dans la chambre, elle lâcha un soupir. Au lieu de se déshabiller, elle allait échanger sa tenue contre une autre, plus chaude ! Elle sortit de l'une de ses valises des vêtements qu'elle enfila en toute hâte, les uns sur les autres, en claquant des dents.

Une fois cette opération terminée, elle se félicita de ne pas avoir de miroir dans lequel se regarder. En ce moment même, elle n'était pas du tout sûre de correspondre à l'image de la femme élégante qu'avaient toujours eue d'elle ses amis ! Tant pis. C'était cela ou risquer de périr de froid, et vu que Torr ne lui prêterait pas la moindre attention…

Entendant une porte s'ouvrir et se refermer, elle se dépêcha de se réfugier dans le lit, où elle resta allongée, les yeux grands ouverts.

De toute façon, que préférait-elle ? Dormir seule dans cet univers pour elle hostile et terrifiant, ou bien partager son lit avec Torr ?

Dormir avec Torr, c'était évident.

Quand le loquet de la porte tourna, elle tressaillit néanmoins et, poings et paupières serrés, s'enfouit sous les couvertures.

3.

— J'ai donné deux biscuits à Charlie. J'ai bien fait ?

— Euh… oui. Merci.

Mallory sortit la tête de sous les couvertures. Assez pour qu'il puisse l'entendre.

— Et puis je lui ai souhaité bonne nuit, et je lui ai dit que nous nous verrions demain matin, comme tu as l'habitude de le faire.

Assez surprise pour oublier la gêne que lui procurait cette situation, elle se redressa soudain sur un coude pour fixer Torr.

— Et comment le sais-tu ?

— C'est ton rituel nocturne.

Il s'assit sur le bord du lit, qui craqua sous son poids, et enleva ses bottes.

— Je t'ai souvent entendue parler à Charlie dans la cuisine.

Ces monologues n'étaient donc pas passés inaperçus auprès de Torr… Pas un seul instant elle ne s'en était doutée. Déroutée, elle ne savait si elle devait en être seulement étonnée, ou bien se sentir ridicule.

— Tu… dois me considérer comme une idiote sentimentale.

— Pas du tout.

Elle le vit enlever son épais pull-over en shetland.

— Au contraire, j'aime beaucoup toutes les attentions que tu as pour lui.

« Que tu n'as pas pour moi. »

Ces mots, il ne les formula pas mais elle eut l'impression qu'ils résonnaient dans la pièce. Un bruit de tissu se fit entendre. Il venait d'enlever sa chemise, et elle se surprit à fixer les épaules carrées, moulées dans un tricot de peau.

A ce moment-là, sa gorge se noua. Elle espérait qu'il n'envisageait pas de dormir… nu ! Mais un nouveau regard dans sa direction la rassura. Il était en train de mettre un haut en polaire, de ceux qu'il portait sans doute quand il sortait en montagne. De toute évidence, son expérience dans ce domaine lui permettait d'être mieux équipé qu'elle.

— Merci d'avoir sorti Charlie, dit-elle.

— Ça ne me dérange pas du tout. J'aime les chiens.

Le silence se fit de nouveau dans la pièce et,

trouvant la situation de plus en plus embarrassante, Mallory se hâta de le briser.

— Tu n'as jamais envisagé d'en avoir un ?

— J'en ai eu un quand j'étais enfant. Il s'appelait Basher.

Il se leva et appuya sur l'interrupteur pour éteindre la lumière.

— C'était le meilleur chien qu'on puisse imaginer. Je n'ai jamais pu le remplacer.

— Voilà ce que je ressens pour Charlie, dit-elle, au moment même où l'obscurité s'abattait sur la pièce.

Par un étrange effet, les bruits du dehors parurent amplifiés. Il sembla à Mallory que le vent soufflait plus fort, que la pluie tombait plus fort.

Elle frissonna et reprit en toute hâte leur sujet de conversation.

— Bizarre... Je n'ai jamais vu en toi quelqu'un susceptible d'être attiré par les chiens.

— Je vais te faire une remarque un peu semblable. J'ai toujours été étonné que tu aies un chien comme Charlie.

Pétrifiée, Mallory retenait son souffle. Torr venait de s'allonger à son tour, et rabattait les couvertures sur lui. Le plus subrepticement possible, elle se rapprocha du bord.

— Ah ? observa-t-elle, d'une voix qu'elle jugea un peu stridente. Et pourquoi ?

Les ressorts du sommier grincèrent de plus belle tandis que Torr finissait de s'installer.

— Je garde sans doute en tête le vieil adage selon lequel les chiens ressemblent à leurs maîtres — à moins que ce soit le contraire ? Peu importe, je t'aurais plutôt imaginée attirée par les chats. Ou bien avec un chien de race, élégant, nanti d'un solide pedigree. Ne te méprends pas sur le sens de mes propos. Charlie est un animal formidable, mais je trouve qu'il ne te correspond pas.

— Pourquoi ? répéta-t-elle, concentrée sur toute la place qu'occupait Torr dans le lit.

— Parce que… tu as de la classe, du style, tu es sophistiquée. Tu représentes en fait l'inverse de Charlie !

— Il s'agit là de ma façon de m'habiller, pas de moi-même, répliqua-t-elle vivement. Et d'ailleurs, pourquoi t'intéresses-tu tout à coup à ce sujet ? Quelle importance que nous soyons physiquement assortis, Charlie et moi ?

— Aucune. J'essayais simplement de faire la conversation pour te distraire un peu. Pour que tu sois moins tendue à l'idée de dormir à côté de moi.

Cette tentative avait en effet porté ses fruits.

Avant toutefois qu'il ne mentionne le motif de sa démarche.

Si le lit était à deux places, il n'avait pas les dimensions d'un king size, et vu la taille de Torr, ils ne se touchaient pas uniquement parce que Mallory faisait en sorte de se tenir le plus loin possible de lui.

Etendue à côté de lui, elle ne se rappelait que trop leur nuit de noces. Elle avait l'impression de se revoir, figée dans le lit de l'hôtel, tandis que Torr se tournait vers elle. Pour la première fois, elle avait pris conscience de l'énormité de son erreur.

Pendant un long moment, ils ne parlèrent ni l'un ni l'autre. Mallory n'osait pas bouger, de crainte de l'effleurer. Tendue comme elle l'était, elle ne tarda pas à ressentir une crampe à la jambe, et la remua tout doucement, espérant que Torr ne remarquerait rien. Peut-être s'était-il déjà endormi ?

Le son de sa voix, tout près d'elle, la fit tressaillir.

— Je croyais que tu étais très fatiguée. Là, tu es tendue comme un arc. J'espère que tu ne vas pas passer la nuit dans cet état-là…

— Oh je… j'ai eu une crampe. Et je me sentais en effet épuisée à notre arrivée, mais mon heure est passée maintenant et j'ai du mal à trouver le sommeil. Tout est si… bizarre, ce soir. Ce château, le temps… toi.

— Je n'ai rien de bizarre. Je suis ton mari.

— Certes, mais… c'est quand même étrange de me retrouver dans ce lit avec toi.

— Ne crains rien, déclara-t-il avec un petit soupir d'impatience. Je n'ai pas l'intention de me livrer à la moindre manœuvre de séduction ! Comme je crois te l'avoir déjà dit, je ne te toucherai pas. A moins que tu ne me le demandes, évidemment !

Ces derniers mots avaient été lancés sur le mode de la raillerie, mais elle fut prompte à réagir.

— Il y a peu de chances que cela se produise !

— Très bien. Continue à t'accrocher à Steve. Il ne le mérite pas, mais si tu as envie de passer ta vie à regretter le départ d'un homme qui t'a traitée de la sorte, pourquoi pas après tout ? Je pense pour ma part qu'il s'agit d'une attitude parfaitement stupide. Te l'ayant déjà dit, je ne vois pas l'intérêt de gaspiller ma salive à te le répéter. A toi de voir, Mallory. Si tu décides que tu as envie d'un véritable mariage, dis-le-moi, mais en attendant je suggère que nous conservions notre mode de vie actuel. Je ne t'obligerai à rien. Je n'ai pas même envie de toi, puisque je suis bien conscient de la place qu'occupe encore Steve dans ton cœur. Tu n'as rien à craindre de moi.

— Je le sais bien, murmura-t-elle.

— Bien. Dans ce cas... la journée a été longue, et si tu n'es plus fatiguée, je le suis, moi. Je suggère donc que nous essayions de nous reposer.

Il se tourna sur le côté, et les ressorts protestèrent tandis qu'il cherchait une position dans laquelle il soit à l'aise.

— Bonne nuit, dit-il.

— Bonne nuit.

Agrippée à l'extrémité du matelas, Mallory ferma les yeux, essayant en vain de trouver le sommeil. Depuis que Torr s'était tranquillement installé dans le lit, elle avait les nerfs à fleur de peau.

En dépit des couvertures, le froid humide qui régnait dans la pièce commençait à la pénétrer. Le bruit du vent et de la pluie, au-dehors, ajoutait à sa nervosité. C'étaient d'ailleurs les seuls bruits qui parvenaient jusqu'à elle. Pas la moindre voiture au démarrage, le moindre klaxon, les moindres voix de passants.

Elle regrettait de ne pas avoir suggéré que Charlie dorme dans la chambre. Il lui arrivait de ronfler ou d'avoir un sommeil agité, mais la présence du chien l'aurait rassurée.

Elle n'était pas seule, certes. Il y avait Torr. Si

seulement elle l'avait mieux connu. Si seulement ils avaient été amis, elle aurait pu se rapprocher de lui, lui avouer qu'elle avait froid, qu'elle avait peur, qu'elle se sentait seule… Mais il la trouverait plus pathétique encore, et elle n'y tenait pas.

Un soupir exaspéré retentit dans le noir.

— Bon sang, Mallory ! Vas-tu te tenir tranquille ?

— J'ai froid, déclara-t-elle de mauvaise grâce.

Grommelant, il se tourna dans sa direction et lui passa un bras autour de la taille pour la serrer contre lui.

— Mais que… que fais-tu ?

— J'essaie tout simplement de dormir ! Et j'aurai du mal à trouver le sommeil tant que tu trembleras ou que tu auras des espèces de décharges électriques dans tout le corps.

— Tu avais dit que tu ne me toucherais pas ! protesta-t-elle.

Elle voulut s'écarter de Torr, mais s'aperçut qu'au contraire elle se blottissait contre lui.

— Dans le cadre de manœuvres de séduction. Or, ce n'est pas tout à fait le cas. Je cherche à dormir, rien de plus ! Il est tout à fait probable que nous nous rapprochions l'un de l'autre au milieu de la nuit, donc il est inutile que tu cherches désespérément à garder tes distances !

C'était en effet ce qu'elle avait tenté de faire jusque-là. Mais, serrée contre Torr qui commençait à lui transmettre sa chaleur, elle devait admettre que ce n'était pas une très bonne idée. Tout contre elle, son torse se soulevait à intervalles réguliers. Son souffle chaud lui caressait la nuque. Les bruits de la tempête lui paraissaient de moins en moins menaçants. Elle avait l'impression que les muscles de son corps se dénouaient un à un.

— Je… ne suis pas sûre que ce soit une très bonne idée, dit-elle néanmoins.

— Peut-être, mais je suggère que nous en reparlions demain matin.

Sa voix basse, tout contre elle, lui procura un curieux frisson.

— En attendant, reprit-il, veux-tu bien te taire et essayer de dormir ?

Mallory ouvrit un œil sur un mur gris et lézardé. Elle cligna les paupières et regarda vers le haut, où l'attendait un spectacle identique. Elle reconnut sur-le-champ l'ampoule nue qui pendait au bout d'une cordelette.

Kincaillie.

Les souvenirs de la veille l'assaillirent tandis qu'elle se redressait dans le lit. L'interminable trajet, l'arrivée dans ce château inhospitalier, la visite des lieux.

Le dos musclé de Torr, moulé dans le tricot de peau.

Elle fronça les sourcils. Pourquoi cette image avait-elle surgi dans son esprit ?

Le froid. Le hurlement du vent dans la nuit. Les grosses gouttes de pluie qui cinglaient les vitres.

Et le bras de Torr sur elle. Son corps pressé contre le sien. L'étonnante sensation de bien-être, la douce torpeur.

Haussant les épaules, elle chercha sa montre, qu'elle se rappelait avoir posée sur la table de nuit. Torr lui avait apporté le réconfort dont elle rêvait à ce moment-là.

Comme elle observait le cadran de sa montre, qui faisait aussi office de thermomètre, Mallory fronça le nez. Il était bien plus tard qu'elle ne l'aurait imaginé… et la température était toujours très basse. Dans un sursaut de courage, elle repoussa les couvertures et chercha dans sa valise un châle en laine épaisse, dans lequel elle s'enveloppa avant de quitter la pièce.

La cuisine embaumait le café, et cette bonne odeur qui lui était familière la réconcilia avec la terre entière. Elle lui rappelait ce petit bistrot italien où elle retrouvait ses amis…

Si ce n'est qu'il n'y avait dans les environs aucun petit bistrot italien, ni aucun de ses amis. La bouffée de plaisir qui l'avait envahie en entrant dans la pièce retomba aussitôt, en dépit de l'accueil enthousiaste de Charlie.

— Bonjour, dit-elle d'une petite voix.

Pourquoi une telle gêne, une telle timidité ? Ils n'avaient rien fait !

Rien, sinon dormir dans les bras l'un de l'autre.

— Bonjour, lui répondit Torr en les rejoignant. Il me semble que tu as fini par t'endormir, non ?

— Oui, merci, lui répondit-elle non sans une certaine raideur.

Si bien dormi qu'elle n'avait pas même remarqué qu'il la lâchait pour se lever — et elle ne savait trop si c'était bon signe ou pas.

— Tu es… réveillé depuis longtemps ? reprit-elle.

— Pas si longtemps que ça. J'ai branché hier soir le cumulus, ce qui devrait te permettre de prendre un bain.

— Oh… merci beaucoup.

Le plaisir qu'elle éprouvait à l'idée de s'immerger dans une baignoire était terni par la tâche qu'elle devrait entreprendre auparavant : nettoyer la salle de bains de fond en comble. Aussi fut-elle très agréablement surprise lorsqu'elle entra dans la pièce, qui reluisait et sentait les produits d'entretien. Torr l'avait devancée. Les installations restaient toujours vétustes, mais plus du tout repoussantes !

Décidément, songea-t-elle en se déshabillant, cette aventure lui permettait de découvrir des aspects insoupçonnés du caractère de son mari.

Lorsqu'elle eut revêtu des habits propres et se fut séché les cheveux, Mallory eut l'impression d'être une nouvelle femme. Quand elle sortit de la salle de bains, Torr était penché au-dessus du vieux fourneau, qu'il essayait apparemment de faire fonctionner.

Il se tourna vers elle quand elle revint dans la cuisine.

— Tu te sens mieux, je suppose ?

— Beaucoup mieux, en effet. Et… merci d'avoir nettoyé la salle de bains. J'avais l'intention de le faire ce matin…

— Je me suis dit que tu aurais envie de prendre un bain dès le réveil, lui répondit-il d'un ton bourru. J'avoue que, dans mon souvenir, le château était en meilleur état…

Il n'était pas en train de lui présenter des excuses,

mais Mallory considéra ces propos comme un rameau d'olivier.

— J'ai préparé du café.

Il avait également posé sur la table du sucre, des gobelets et des biscuits. Mallory le remercia et se servit sans cesser de l'observer.

— Que fais-tu ?

— J'essaie de remettre cet appareil en état de marche. Il devrait nous permettre de nous chauffer, et aussi de cuisiner.

Elle haussa un sourcil sans pour autant souffler mot. Cuisiner sur cet engin ne lui semblait pas chose facile. Elle se considérait plutôt comme une adepte des cuisines ultramodernes, de préférence dans des alliances de noir et d'acier dépoli.

La première gorgée de café lui soutira un petit soupir de plaisir, et elle mordit dans un biscuit, l'œil toujours rivé sur Torr. Une trousse à outils — qu'elle avait remarquée dans les bagages — à ses pieds, il vissait ou dévissait des boulons.

— Où as-tu appris à faire tout ça ?

— J'ai été élevé à la campagne, et nous avions un poêle dans la cuisine. D'un modèle plus récent, mais j'imagine que le principe est le même.

Il fit un effort qui se solda par un petit grognement.

— Ah, voilà ! s'exclama-t-il avec une satisfaction évidente.

Cet épisode de sa vie, elle ne le connaissait pas non plus.

— Je ne t'imaginais pas en jeune campagnard... Tu as vécu ici, en Ecosse ?

— Non. Mon père est parti travailler en Angleterre dès qu'il a été en âge d'avoir un emploi, et il n'est jamais revenu. Mais, comme bon nombre d'expatriés écossais, plus il passait de temps éloigné de son pays, plus il devenait écossais ! Il insistait d'ailleurs beaucoup sur mes origines et sur mon héritage culturel. Il m'a même donné pour prénom le nom d'un lac... ce dont je me serais volontiers passé ! Tu n'imagines pas combien j'étais heureux de m'appeler Torridon McIver, dans mon école très anglaise...

Mallory vit prendre forme dans son esprit l'image d'un garçonnet aux cheveux noirs, aux yeux d'un bleu très foncé, avec un visage un peu anguleux et un air combatif. Il n'avait certainement pas dû baisser souvent les bras face aux moqueries de ses camarades.

L'imaginer enfant lui procurait une sensation étrange. Aussi étrange que celle qu'elle ressentait face à cet homme vêtu d'un jean délavé et d'un grand pull gris, qui était en train de se laver les mains à l'évier. Elle avait du mal à reconnaître en lui l'homme d'affaires aux traits impénétrables, toujours vêtu de façon à la fois stricte et impeccable. Ce même individu qui lui avait proposé cet étonnant marché qu'était leur mariage…

— Je vais te faire visiter les lieux en bonne et due forme quand tu auras terminé ton petit déjeuner. Kincaillie est désormais ta maison, donc autant que tu te familiarises avec.

Comment cet endroit pourrait-il être « sa maison », se demandait Mallory un peu plus tard, tandis qu'ils traversaient d'interminables corridors. Très intéressé par tout ce qu'il découvrait, Charlie trottait derrière eux, ses griffes cliquetant sur le sol nu. Ils montèrent et descendirent un nombre incalculable d'escaliers, de tailles, formes et matériaux divers.

Les dommages causés par un toit qui fuyait et les longues années sans aucun entretien avaient laissé de nombreuses traces. Elle était donc d'autant plus étonnée d'entendre Torr s'exprimer avec tant de chaleur lorsqu'il passait la main sur une rampe de bois, ou bien montrait une jolie vue derrière une fenêtre. Ne remarquait-il donc pas l'état de délabrement du bâtiment ?

Malgré tout, il lui arrivait à elle aussi de succomber au charme de certaines pièces, et de les imaginer à leur époque glorieuse. La plupart d'entre elles étaient cependant vides. Très peu d'entre elles avaient conservé l'ameublement initial.

— Qu'est-il advenu de tous les autres meubles ? s'enquit-elle en soulevant un drap qui recouvrait une longue table en chêne, avec de superbes pieds en bois travaillé,.

Elle donnait l'impression de ne pas avoir été transportée à cause de son poids.

— Quand mon grand-oncle a finalement été placé en maison de retraite, son fils a fait transporter les toiles, l'argenterie et les plus beaux meubles dans un garde-meuble. Ils réintégreront le château, mais pas avant que j'aie procédé à quelques réparations.

— Quelques réparations ?

Elle lâcha le drap et se releva pour le regarder droit dans les yeux.

— Torr… Cet endroit a connu son heure de gloire, je n'en doute pas, mais il ressemble aujourd'hui à un champ de ruines ! Il faudrait un siècle pour tout remettre en état…, conclut-elle avec un vaste geste du bras.

— Je ne vivrai peut-être pas si longtemps,

mais le temps est désormais un élément dont je dispose pleinement.

— Soit. Mais as-tu l'argent nécessaire à ce colossal projet de restauration ? Ça représente une fortune…

— J'en suis conscient, lui répondit-il, impassible. J'ai gagné beaucoup d'argent en vendant mes entreprises, mais je n'envisage pas pour autant de le dilapider. Je dois bien sûr verser une taxe sur cet héritage, et j'ai par ailleurs investi certaines sommes pour préparer mon avenir. Ce qui signifie que je ne possède pas des fonds illimités pour Kincaillie. Raison pour laquelle je me chargerai d'effectuer moi-même le plus de tâches possible.

Elle écarquilla les yeux.

— Tu plaisantes ?

— Pas du tout, lui répondit-il, un peu irrité.

— Mais… Torr…

— Je te rappelle que ma spécialité est le bâtiment, et que j'ai travaillé dans la construction pendant un certain nombre d'années.

Cette fois elle se mordit la lèvre en silence. Elle avait toujours beaucoup de mal à associer l'image de l'homme d'affaires un peu guindé qu'elle avait connu à celle du personnage qui se tenait en face d'elle. Et elle se sentait aussi très mal à l'idée de lui avoir coûté un quart de million de livres. Cette somme importante, il aurait pu l'investir dans Kincaillie, au lieu de régler ses dettes.

— Je t'ai toujours imaginé dans un bureau, en train de brasser des affaires..., dit-elle.

— Je passais en effet de moins en moins de temps sur les chantiers, ces derniers temps. Mais j'ai fait mes débuts dans le métier en construisant des maisons avec une petite équipe, et en les revendant par la suite. Il me tarde en fait de reprendre des activités manuelles.

Il promena autour de lui un regard averti, comme s'il cherchait à évaluer la somme de travaux que nécessitait cette grande pièce qui faisait sans doute autrefois office de salle à manger.

— Je ne pourrai pas me charger de tout, j'en suis bien conscient. La toiture représente l'investissement le plus important, mais il me semble indispensable d'en assurer au plus vite l'étanchéité. J'ai contacté une entreprise de couvreurs, et les travaux devraient commencer dans quinze jours. Je me suis aussi adressé à un électricien et à un plombier professionnels. J'envisage en revanche de me charger de la menuiserie, du plâtre, de la peinture...

— C'est de la folie ! lui dit-elle, exprimant sans détour le fond de sa pensée.

Elle secoua la tête.

— Plus que de la folie, même. Cela relève de l'irresponsabilité !

— Pourquoi ?

Sa voix avait perdu de sa chaleur.

— C'est beaucoup trop de travail, et tu le sais.

— J'aime les risques.

La confiance sereine qu'il affichait agaça Mallory. Il y avait en cet homme qui refusait d'admettre ses propres limites quelque chose d'arrogant.

— Et à quelle merveilleuse occupation pourrai-je me livrer, pendant que tu passeras tout ton temps à essayer de mener à bien ce projet absurde ?

— Ma foi… tu pourrais me prêter main-forte, suggéra-t-il, sarcastique.

Dans l'air flottait une hostilité inhabituelle. Le regard marine était lui aussi devenu froid. Mais Mallory n'était pas disposée à se laisser impressionner.

— En quoi faisant ? rétorqua-t-elle d'un air de défi. Je ne connais rien au bâtiment. Je veux bien m'occuper de la décoration, mais j'ai bien peur qu'un certain temps s'écoule avant que tu sois en mesure de choisir la couleur des tentures !

— Certaines tâches ne nécessitent aucune connaissance particulière : trier ce dont il faut se défaire, réaménager le jardin, par exemple. Et rien ne t'empêche de te mettre aux enduits ou à la peinture, qui ne nécessitent aucune formation préalable. Si tu as envie de t'investir un peu dans cette entreprise, ce n'est pas le travail qui manque !

— Ah... Je n'avais pas compris que ce genre de besogne entrait dans le cadre du marché que nous avons passé.

Ses mâchoires se crispèrent, et il plissa les yeux.

— Le marché en question était notre mariage, déclara-t-il d'une voix acérée. Tu es désormais ma femme, et tout ce que j'attends de toi, c'est que tu participes à ce projet. Voilà quelque chose que nous devrions être capables de bâtir ensemble.

— Ce n'est en tout cas pas une décision que nous avons prise ensemble ! Tu m'as mise devant le fait accompli, sachant très bien que cet endroit était le dernier au monde que je choisirais pour y vivre.

— Peut-être, mais tu as cependant choisi de m'y suivre !

L'expression de son visage était aussi dure que sa voix.

— Tu sais pourquoi...

Il l'interrompit d'un geste de la main.

— Les motifs ne comptent pas. Tu as fait un choix, Mallory, tu dois maintenant l'assumer.

« Tu dois maintenant l'assumer. »

Remontant le col de son manteau, elle se dirigea vers la porte pour faire une promenade avec Charlie pendant que Torr se lançait dans un grand nettoyage de la cuisine afin de pouvoir ranger tout ce qu'ils avaient apporté.

Après cet échange de propos désagréables, ils avaient d'un accord tacite écourté la visite. Il restait encore un dédale de couloirs au dernier étage, mais Mallory considérait en avoir vu bien assez. Elle comprenait que le fils de l'ancien lord soit parti pour la Nouvelle-Zélande ! Aucune personne au monde dotée d'un minimum de bon sens ne pouvait décider de s'installer à Kincaillie.

Et il allait falloir qu'elle y vive, elle.

Les mains enfoncées dans ses poches, elle accéléra l'allure pour suivre le chien, qui courait de toute part, enchanté d'être au grand air. L'air était froid, chargé d'humidité. Les nuages avaient vite chassé les pâles rayons du soleil matinal.

Il ne lui fallut pas longtemps pour traverser le promontoire recouvert d'herbe drue, et arriver en bordure de mer. Tout excité de se retrouver sur une plage, Charlie courut jusqu'à l'eau et y plongea en poussant des jappements de joie. Il adorait l'eau, et pouvait jouer pendant des heures dans les vagues si sa maîtresse n'intervenait pas.

Mallory se fraya prudemment un chemin entre les rochers, pour atteindre à son tour la plage et marcher sur la grève. Les semelles de ses bottes crissaient sur les minuscules galets. Intriguée par leur teinte rosée, elle se pencha pour les examiner de plus près et constata qu'il s'agissait de coquillages brisés.

Au bout de la plage, elle s'assit sur une grosse pierre recouverte de lichen, et regarda Charlie s'amuser dans l'écume des vagues, qui tranchait sur la couleur anthracite de l'eau. L'animal avait l'air parfaitement heureux dans cet environnement sauvage.

Des cris d'oiseaux éveillèrent son attention, et elle leva les yeux vers le ciel laiteux. Elle ne reconnaissait aucune de ces espèces.

Elle ne reconnaissait rien, à Kincaillie. Rien ne lui était familier. Pas plus le sombre château dont la silhouette se dressait derrière elle que les inquiétantes montagnes, ou cette plage rose, ou les contours des îles lointaines enveloppées d'une brume mystérieuse, ni même le silence environnant, que seul brisait le cri des oiseaux.

Elle frissonna et resserra autour d'elle les pans de son manteau. Cet endroit était affreux. Lugubre, rude, froid. Elle avait du mal à imaginer un lieu plus différent du centre-ville si animé d'Ellsborough. Ellsborough avec ses passants, ses boutiques, ses restaurants. C'était là qu'elle se sentait chez elle.

Que faisait-elle ici ?

Elle aurait dû se trouver dans sa ravissante maison, en train de discuter avec des clients de l'aménagement de leur salon, de leur montrer des échantillons de tissu. Ou bien rejoindre une amie pour déjeuner avec elle dans un petit restaurant, ou encore faire quelques courses chez son traiteur préféré.

Elle aurait dû attendre avec impatience la fin d'après-midi, moment où Steve la rejoindrait chez elle. Elle aurait dû se réjouir à l'idée de la soirée qu'ils allaient passer. De la vie qu'ils passeraient ensemble.

Elle aurait dû se lancer dans les préparatifs de leur mariage.

Elle aurait dû être heureuse.

Au lieu de cela, elle était bloquée à Kincaillie, avec un homme qui ne l'aimait pas — qui ne la désirait même pas.

4.

Mallory eut l'impression que son cœur se brisait en mille morceaux.

Machinalement, elle porta la main à son cou pour serrer entre ses doigts le diamant. Ce pendentif représentait le souvenir d'un temps où elle nageait en plein bonheur, mais aussi l'espoir de voir réapparaître Steve dans son existence et que tout redevienne comme avant.

Chaque fois qu'elle se sentait mal, elle touchait la petite pierre précieuse. Cette fois cependant, elle ne lui apporta pas le réconfort espéré.

Assise sur cette plage froide et déserte, elle dut se rendre à l'évidence. Pour la première fois, la réalité la frappait de plein fouet.

Steve était parti. Il ne reviendrait pas. Elle devait tirer un trait sur cette histoire.

Il lui avait menti, l'avait trompée et, pour finir, l'avait abandonnée.

Tous ces souvenirs dorés ne lui servaient plus

à rien, maintenant. Il n'y aurait pas de *happy end.* Steve ne chevaucherait pas vers elle dans la lumière du soleil couchant, monté sur un fringant cheval blanc, pour la sauver de Torridon McIver. Il n'aurait aucun motif valable à lui présenter pour expliquer la façon dont il avait agi.

A quoi bon continuer à rêver, à espérer ? Elle se retrouvait seule face à un océan de désolation, sans même savoir ce dont elle avait désormais envie.

Seule, désorientée, désemparée.

D'un geste mécanique, elle fit courir la chaîne entre ses doigts jusqu'à ce qu'elle trouve le fermoir, et l'enleva. Lorsque le bijou fut niché au creux de sa main, elle l'examina. Il était léger, sans substance. Quand Steve le lui avait offert, elle avait pensé n'avoir jamais rien possédé d'aussi beau, d'aussi précieux. Mais là, sur cette plage battue par les vents, au beau milieu de cette nature indomptée, la pierre lui apparaissait sous un nouveau jour. Elle la trouvait soudain d'un goût un peu criard, froide, sans aucune signification particulière.

A l'image de ses souvenirs.

Elle quitta le rocher où elle s'était assise et se rapprocha de la mer. Là, après un dernier regard pour ce pendentif qui avait eu pour elle une telle valeur, elle tendit le bras et le lança dans les vagues, aussi loin que possible. Durant sa trajectoire, le diamant scintilla quelques secondes, puis fut englouti dans les flots.

Croyant que sa maîtresse lui lançait un objet qu'il devait rattraper, Charlie plongea. En vain. Tout comme Steve, le bijou avait disparu.

Mallory resta immobile pendant un long moment, sidérée par ce qu'elle venait de faire. Puis elle fondit en larmes.

C'était la première fois qu'elle pleurait depuis le jour où Steve était parti. Jusqu'ici elle avait refoulé sa peine, son sentiment d'amertume, d'humiliation. Plus exactement, ils étaient restés enfouis en elle, pris dans une sorte de bloc de glace. Ce qui expliquait que, depuis lors, elle ait toujours froid. Mais cette espèce d'engourdissement lui convenait. Elle préférait ne rien ressentir plutôt qu'être anéantie par le chagrin.

Et brusquement, tout ce qu'elle avait réussi à étouffer jaillissait avec une force incroyable. La souffrance était pire encore que ce qu'elle avait imaginé. Et, comme elle l'avait redouté, ses larmes étaient intarissables.

Assise au bord de l'eau, recroquevillée sur elle-même, elle versa des torrents de larmes. Charlie, qu'elle n'avait pas habitué à un tel spectacle, ne fut pas long à la rejoindre. Après s'être ébroué, il avança vers elle en poussant des petits gémissements, et vint lui lécher le visage.

— Ce… n'est rien, Charlie, balbutia-t-elle, juste avant de lui passer les bras autour du cou et de pleurer de plus belle.

De longues minutes s'écoulèrent ainsi. Jusqu'à ce que ses yeux soient secs, et qu'elle relève enfin la tête. Charlie posa sur elle ce regard d'amour inconditionnel qui lui faisait toujours si chaud au cœur, et elle renifla en lui adressant un pauvre petit sourire.

Elle se sentait vidée, mais bien plus apaisée qu'elle ne l'avait été depuis longtemps. Depuis le jour où Steve était sorti de sa vie sans crier gare.

Après avoir caressé le chien entre les oreilles, elle se releva et aspira une grande bouffée d'air chargé d'iode. Puis elle s'essuya le visage et se moucha. A côté d'elle, Charlie attendait visiblement ses consignes.

C'était bien là le problème. Elle ne savait que faire.

Tournée vers Kincaillie, elle soupira. Les lieux lui paraissaient toujours aussi inhospitaliers, mais ils n'avaient aucun autre endroit où aller.

— Je propose que nous terminions notre promenade… mais ensuite, il faudra retourner là-bas.

*
* *

Torr vidait les cendres de l'âtre dans le jardin qui jouxtait la cuisine lorsqu'ils revinrent. Le cœur de Mallory se mit à battre un peu plus fort quand elle le vit. Elle avait l'intention de s'entretenir avec lui, mais ne pensait pas devoir l'affronter si vite. Elle aurait voulu pouvoir au moins s'asperger le visage d'eau fraîche, se recoiffer. Se montrer à lui sous un jour plus présentable.

Mais peut-être ferait-il mine de ne rien remarquer ?

Une fois les cendres vidées, il la rejoignit dans la grande pièce et, au moment même où il darda sur elle un regard perspicace, elle comprit qu'il n'en ferait rien.

— Tu as pleuré.

Mal à l'aise, elle se tourna vers la cheminée.

— J'ai… réfléchi.

— A quel sujet ? Steve ?

— Oui, admit-elle. Et aussi à ma présence ici, à notre mariage.

Elle avala sa salive, ne sachant trop comment exprimer les pensées qui s'étaient formées dans son esprit tandis qu'elle marchait sur la plage avec Charlie.

— Il faudrait que… nous parlions, dit-elle enfin.

Les prunelles marine parurent s'assombrir encore.

— Maintenant ?

— Si tu as quelques minutes…

Mallory croisa nerveusement les doigts. Elle en avait trop dit pour revenir en arrière. Après tout, Torr pouvait très bien refuser d'accéder à sa requête. Et s'il le faisait, elle se retrouverait au même point que maintenant, ni plus ni moins. Donc, elle n'avait rien à perdre.

— Oh, ce n'est pas le temps qui me manque à présent !

Il avança vers la cheminée, où il avait placé de nouvelles bûches, et activa le souffleur.

— J'ai refait du café, et j'avoue que j'en boirais bien une tasse pour me réchauffer. Ça te tente ?

— Oui. Merci.

Quelques instants plus tard, ils tenaient chacun à la main une tasse de café brûlant.

— Bien…, déclara-t-il, comme elle ne se décidait toujours pas à reprendre la parole. Tu t'apprêtes à m'annoncer que tu ne veux pas rester ici, je suppose ?

Elle fixa le fond de sa tasse.

— Je souhaiterais partir, en effet. Mais je sais que c'est impossible.

— Je ne te garde pas prisonnière entre ces murs !

— Pas au sens propre du terme… mais je ne me sens pas en droit de partir. Je te dois beaucoup d'argent, Torr. Je t'ai épousé pour cette raison.

— Tu crois peut-être que je ne le sais pas ? répliqua-t-il d'une voix dure. Tu ne me dois rien, Mallory. Cette somme faisait partie du marché que nous avons conclu.

— Voilà bien pourquoi je ne peux pas partir du jour au lendemain. Même si… je déteste cet endroit. Il m'est impossible de mettre un terme à notre mariage comme je le voudrais, parce que je ne suis pas en mesure de te rembourser tout cet argent. Or je ne le serai jamais, si je reste ici !

Comme Torr se taisait, elle prit conscience de la portée de ses propos. Elle n'avait pas mâché ses mots, pour décrire la situation ! Au départ, elle n'avait pourtant pas l'intention de s'exprimer en termes aussi brutaux. Heureusement que Torr ne l'aimait pas lui non plus…

Sa dernière phrase fut suivie d'un long, d'un interminable silence.

— Et que suggères-tu donc pour remédier à cette situation ? fit-il, cherchant son regard.

Ils restèrent quelques instants à se dévisager, et

elle dut se concentrer pour se rappeler ce qu'elle avait décidé de lui dire.

— Je pourrais… te rembourser — en partie, du moins — en participant aux travaux de restauration. Si tu as l'intention d'en entreprendre certains seul, j'imagine qu'il me serait possible de te prêter main-forte dans certains domaines comme le rangement, le nettoyage, la peinture…

— Et que voudrais-tu en échange ?

Mallory déglutit péniblement. Cette idée avait germé en elle pendant qu'elle marchait sur la plage avec Charlie. Elle ignorait comment réagirait Torr, et le seul moyen de le savoir consistait à énoncer complètement l'idée en question.

— Si je travaille une année entière à Kincaillie… je souhaiterais que tu acceptes le divorce, et que tu considères ma dette envers toi comme étant réglée.

— Tu voudrais divorcer ?

Il lui avait posé la question d'une voix neutre, qui accentua sa sensation de malaise.

— Oui, lui répondit-elle après avoir fini d'une traite sa tasse de café. Je suis bien consciente que ce n'est pas très équitable, comme marché… mais je travaillerai dur. Et je ne me plaindrai pas des conditions de vie ici.

— Hum, fit-il, toujours impassible. Supposons que j'accepte. Que se passera-t-il ensuite ?

— Je retournerai à Ellsborough.

— Pour y faire quoi ?

Elle secoua doucement la tête.

— Je ne sais pas. Tout ce que je sais, c'est que la perspective de rester indéfiniment à Kincaillie m'est insupportable.

Regardant autour d'elle, elle soupira et ajouta :

— Pas seulement à cause de l'état du château, mais aussi de l'emplacement. Cet endroit est isolé de tout ! Il n'y a rien à faire, personne à voir, nulle part où aller. Il me serait impossible de m'installer ici pour y vivre pour toujours. Y rester un an, en revanche, ne devrait pas me poser trop de problèmes.

— Tu n'as donc pas l'intention de partir à la recherche de Steve ?

Ses joues rosirent, et elle détourna la tête.

— Non. J'imagine que quelque part au fond de moi, j'espérais le voir arriver et qu'il m'emmènerait loin de toi ! conclut-elle en se cachant derrière une grande mèche de cheveux.

Il salua ce commentaire d'un petit rire caustique.

— Comme dans les contes de fées ?

— En quelque sorte. Mais il ne viendra pas.

— En effet.

— Je viens tout juste de le comprendre. De comprendre aussi que je ne peux compter que sur moi-même pour me tirer d'affaire.

— Charmante façon de présenter la situation…

Elle se mordilla le coin des lèvres, et sentit ses joues virer cette fois au cramoisi.

— Je suis désolée, mais il me semble indispensable que nous soyons sincères l'un envers l'autre. Ce mariage a toujours représenté, pour toi comme pour moi, un arrangement d'ordre pratique. La situation a d'ailleurs changé depuis que nous avons conclu ce marché. Je doute que tu souhaites organiser de sitôt des réceptions et, de ce fait, tu n'as plus besoin d'une épouse qui joue les parfaites hôtesses. Si tu avais su que tu allais hériter de Kincaillie, je pense que tu aurais épousé quelqu'un de très différent, n'est-ce pas ?

— Voilà une bonne question…, lui répondit-il, hermétique.

— Il n'y a aucune raison que tu ne te remaries pas, après notre divorce.

— Permets-moi de te rappeler que je n'ai pas encore accepté le divorce.

Elle tressaillit.

— Voyons, Torr… Pourquoi voudrais-tu que nous continuions à être mariés ? Nous ne ferions que nous rendre mutuellement malheureux.

— Si tu le dis…

Cette fois encore, pas plus le ton de sa voix que l'expression de son visage ne permettaient de deviner ses pensées. Elle reposa sa tasse vide sur la table. Il n'était pas disposé à lui faciliter la tâche, soit. Elle devrait donc trouver un autre moyen de le persuader. Elle était prête à tout pour retourner à Ellsborough, pour reprendre une vie qui lui était familière. Même si elle n'était pas tout à fait celle qu'elle avait souhaité mener, avec Steve.

— J'ai beaucoup réfléchi pendant cette promenade sur la plage, reprit-elle. Il n'y a que trop longtemps que je souffre à cause de Steve. Que je suis malheureuse, au point d'en être aveuglée. Si je n'avais pas été dans un tel état, je ne t'aurais pas épousé. Mais ce qui est fait est fait… Il faut maintenant que je retrouve une existence normale. Même si je dois pour cela travailler très dur pendant un an.

Elle marqua une pause, et leva les yeux vers Torr.

— Je n'attends pas de toi que tu me laisses faire une croix sur tout ce que je te dois. Et il ne s'agit pas seulement d'argent. En me mariant avec toi, je me suis engagée à t'épauler dans les circonstances difficiles. Comme je te l'ai dit, je considère que ton projet relève de la pure folie. Mais s'il te tient vraiment à cœur, je resterai auprès de toi et t'aiderai à le mener à bien.

— Suite à quoi tu partiras ?

— Suite à quoi je partirai, dit-elle d'une voix solennelle. C'est pour nous deux la meilleure solution.

— Ah ? railla-t-il, un sourcil levé.

— J'en suis convaincue. Tu ne veux tout de même pas passer de longues années ici avec pour toute compagnie une femme insatisfaite, qui ne cessera de se plaindre de ses conditions de vie ?

— Présentée de cette façon, la situation ne me tente pas outre mesure, en effet !

— Et je tiens pour ma part à repartir pour Ellsborough. Mais en respectant quand même notre marché — et pas seulement d'un point de vue financier. J'ai tout perdu au cours de ces derniers mois, Torr. Ce que j'ai perdu de plus important, c'est l'estime de moi-même. Il faut que je la retrouve.

Cette déclaration fut suivie d'un long silence, pendant lequel ils se mesurèrent du regard.

— Soit, fit-il enfin d'un ton bourru. Nous allons adopter ton plan, et travailler ensemble à la restauration du château. Si dans un an nous avons bien avancé, et si tu as toujours envie de partir, nous divorcerons et je considérerai que ta dette est réglée. Est-ce que ça te convient ?

— A merveille. Merci, Torr.

Comme elle prononçait ces mots, Mallory eut l'impression que tous les muscles de son corps se dénouaient, et ce n'est qu'à ce moment qu'elle prit conscience d'avoir été très tendue jusque-là.

— Tu ne le regretteras pas, enchaîna-t-elle avec un sourire rempli de gratitude. Je ne te demanderai rien de plus, je ne ferai aucun commentaire désagréable sur l'état du château, bref… je me comporterai comme la femme idéale !

En voyant Torr hausser un sourcil et poser sur elle un regard moqueur, elle regretta sur-le-champ ces mots malheureux.

— La femme idéale ? répéta-t-il, narquois.

Pour se donner une contenance, elle avança vers la cafetière et se resservit une tasse de café.

— Je veux dire par là… une sorte de gouvernante parfaite, rectifia-t-elle. Et vu la somme de travail à accomplir, je pense que tu en auras davantage besoin encore que d'une… véritable épouse.

— Tu as sans doute raison.

Il accompagna cette remarque de l'un de ses regards énigmatiques. Après avoir bu sa tasse de café, Mallory la reposa sur la table d'un geste un peu trop brusque, et, avec un entrain forcé, lança :

— Bien… Par quoi commençons-nous ?

— Je propose que nous finissions de nettoyer la cuisine.

En fin d'après-midi, Mallory était fourbue mais satisfaite. Leurs efforts conjugués avaient porté leurs fruits, et si la grande pièce ne méritait toujours pas de figurer dans un magazine de décoration — loin s'en fallait ! —, elle était en tout cas propre et bien rangée, à présent.

Ils avaient travaillé côte à côte, dans une sorte de communion. La conversation qu'ils avaient eue juste avant n'était probablement pas étrangère à cette nouvelle entente entre eux. Désormais, les termes de leur relation étaient plus clairs. Mallory avait eu le courage d'exprimer ses désirs, sans savoir comment réagirait Torr, et elle se sentait libérée.

Son avenir lui apparaissait sous un tout autre jour. Pour être plus précise : elle avait enfin un avenir ! Une fois ces douze mois écoulés, elle essaierait de retrouver à Ellsborough une vie semblable à celle qu'elle menait avant que le destin ne place Steve sur sa route.

Revigorée par la tournure que prenaient les événements, elle accepta la tasse de thé qu'il lui proposait pour conclure cette première journée de travail, et s'assit en face de lui. Mais au bout de quelques instants, elle constatait que la gêne réapparaissait entre eux. Cette gêne si souvent présente dans leurs rapports, qui avait disparu tandis qu'ils se livraient ensemble à cette grande opération de nettoyage, refaisait surface sans qu'elle comprenne pourquoi.

Tout comme elle ne comprenait pas pourquoi son regard était irrésistiblement attiré par sa bouche. Ce n'était qu'une bouche comme tant d'autres, se dit-elle pour essayer de se raisonner. Une bouche qui ne souriait même pas ! Au prix d'un effort, elle parvint à reporter son attention sur les cartons alignés contre les murs, dont le contenu attendait maintenant de trouver une place adaptée dans les placards.

Elle se mit à l'œuvre pendant que Torr ranimait le feu dans la cheminée, puis, avec les moyens du bord, ils préparèrent ensemble un plat de spaghettis à la sauce tomate. Elle avait retrouvé son iPod en rangeant ses affaires, et s'étonnait elle-même du confort qu'apportait ce fond musical.

Le dîner terminé, ils prirent place comme la veille dans les grands fauteuils installés face à la cheminée. Mallory observait le ballet des flammes orangées, évitant de penser au moment où ils se retrouveraient allongés côte à côte dans le lit. Le simple fait d'y penser suscitait en elle une nervosité injustifiée. Ce soir-là, elle était moins fatiguée que la veille…

Pendant que Torr lui faussait compagnie pour se doucher, elle réussit à se convaincre que ce n'était pas une épreuve insurmontable. Ce fut à ce moment-là qu'il la rejoignit, les cheveux mouillés, sentant bon le gel douche. Le jean lui allait vraiment bien, songea-t-elle, les yeux rivés sur ses hanches étroites.

Comme cette pensée lui traversait l'esprit, Mallory fronça les sourcils. Que lui arrivait-il donc ? Torr était un homme certes séduisant, mais jusqu'ici elle était restée tout à fait insensible à son charme. Et il continuerait d'en être ainsi !

Mais ce n'était peut-être pas étonnant que des idées aussi bizarres lui viennent à l'esprit. Un endroit aussi étrange que l'était Kincaillie ne pouvait que mettre l'imagination en ébullition !

— Tiens, lui dit-il en lui tendant un verre.

Elle le prit et regarda, intriguée, le liquide ambré.

— C'est du whisky, Mallory. L'un des meilleurs malts de la région. J'ai pensé que nous devions porter un toast à notre première journée passée ici.

Elle hésita, puis leva son verre.

— Eh bien... Je propose de porter un toast à... nos choix, finit-elle d'un ton ferme.

A ce moment-là, Torr eut une réaction à laquelle elle ne s'attendait pas du tout.

Il sourit.

— A nos choix, répéta-t-il, souriant toujours.

Surprise par cette réaction à laquelle il ne l'avait pas habituée, elle avala trop vite une gorgée de whisky et manqua s'étrangler.

— Il est assez fort, observa-t-il tandis qu'elle était prise d'une quinte de toux. Il faut le déguster doucement.

Elle hocha la tête et le regarda s'installer de nouveau en face d'elle. Il paraissait tout à fait détendu, songea-t-elle non sans une certaine envie. Comme s'il était normal d'être assis là, devant un bon feu de cheminée, et de déguster un excellent whisky pendant que, tout autour, le château paraissait sur le point de s'écrouler.

Au-dehors le vent s'était remis à souffler, et le bruit des rafales accompagnait les craquements des bûches dans l'âtre. Elle toussa une dernière fois et inspira profondément avant de boire une autre gorgée, avec lenteur cette fois.

— As-tu vraiment l'intention de te lancer seul dans cette énorme entreprise de rénovation ?

— Je ne serai pas seul, puisque tu t'es engagée à me prêter main-forte.

— Pendant une année, lui rappela-t-elle.

— Oui, bien sûr. Mais ce n'est déjà pas si mal. Ça permettra de bien avancer.

— Et que feras-tu quand ce sera terminé — en supposant que ce le soit un jour ? Vendre ?

Il secoua la tête.

— Comme je crois te l'avoir déjà dit, une clause de l'héritage interdit la vente de Kincaillie. Ce serait donc impossible de vendre même si je le souhaitais, ce qui n'est pas le cas. Je voudrais faire du château l'un des hôtels les plus prisés de toute l'Ecosse.

Sur le point de boire une autre gorgée de whisky, Mallory le fixa, interdite.

— Un hôtel ? répéta-t-elle en riant. Je suppose que tu plaisantes, Torr ? Qui paierait pour séjourner ici ?

— Beaucoup plus de gens que tu ne l'imagines. Tu n'apprécies peut-être pas le calme, les paysages grandioses, les vieilles pierres, mais tout le monde n'a pas les mêmes goûts que toi. Kincaillie serait le lieu idéal pour tous ceux qui veulent fuir pendant quelque temps l'agitation des grandes villes et se retrouver en communion avec la nature. A cela s'ajouteraient un confort exceptionnel, un service de très grande qualité, et un restaurant méritant plusieurs toques. Les clients ne manqueront pas, j'en suis sûr et certain.

Il porta à son tour son verre à ses lèvres et savoura la gorgée d'alcool, les yeux mi-clos, avant de reporter son attention sur la jeune femme.

— J'aurai donc, une fois de plus, le loisir d'apprécier tes talents d'architecte d'intérieur.

Mallory repensa à la succession de pièces qu'elle avait visitées un peu plus tôt. Elle avait du mal à les imaginer entièrement refaites, mais elle devait admettre que cela représentait pour elle un formidable défi.

Songeuse, elle fit tourner son verre entre ses mains.

— Il faudrait que tu t'adresses à un architecte, pour avoir des plans en bonne et due forme.

— Je le sais. J'ai rendez-vous dans un cabinet d'Inverness, la semaine prochaine. La gérante est une jeune femme qui jouit d'une très bonne réputation dans la région. Elle est à l'origine de plusieurs projets novateurs, et elle m'a été chaudement recommandée. Je l'ai appelée d'Ellsborough pour lui demander une étude préliminaire. Elle est venue visiter les lieux, et je voudrais maintenant examiner ce qu'elle a à me proposer.

— Est-ce que je pourrai t'accompagner ? lança Mallory, ravie à l'idée de s'éloigner de Kincaillie.

Il parut étonné par cette requête.

— Je ne pensais pas que ça t'intéresserait.

— Ce qui m'intéresse surtout, c'est la perspective d'aller en ville ! Qui plus est, je n'ai aucune envie de rester seule ici.

Torr inclina la tête de côté.

— Tu peux venir, bien sûr. Mais il faudra que tu t'habitues à rester seule ici de temps en temps. Nous ne passerons pas toutes les nuits ensemble pendant l'année à venir. Les gens pourraient se faire de fausses idées… comme s'imaginer que nous sommes mariés, par exemple ! finit-il avec un rire sec.

Mallory s'était redressée sur son siège et dardait sur lui un regard sombre.

— Tu n'imagines pas vraiment me laisser seule ici, la nuit ?

— Tu ne serais pas seule, il y a Charlie.

— Au cas où tu ne l'aurais pas remarqué, Charlie est un chien !

— Il te protégerait contre d'éventuels intrus.

Bien que je doute qu'il y en ait beaucoup qui viennent s'aventurer jusqu'ici.

— Les intrus, comme tu les appelles, ne me font pas peur. Ce sont, eux au moins, des êtres humains…

— Oh… ne me dis pas que tu as peur des fantômes ! s'exclama-t-il en levant les yeux au ciel.

— Je ne crois pas aux fantômes ! Mais je suis une véritable citadine, et je n'aime pas le silence, je n'aime pas me sentir isolée du reste du monde. Et ces hautes montagnes… ont un air si menaçant. Elles ne te donnent pas l'impression d'être pris au piège ?

— Non. Cette impression-là, c'est en ville que je l'ai. Les montagnes et la mer m'apportent une réelle sensation de liberté.

Elle réussit à esquisser un sourire.

— Nous n'avons décidément pas beaucoup de points communs.

Observant les flammes à travers le liquide ambré de son verre, Torr hocha la tête.

— En effet.

Ils finirent leur verre en silence.

5.

Le lendemain matin, Torr décida de refaire le tour de chaque pièce pour noter méthodiquement tous les travaux à y effectuer, exercice qui prendrait un certain temps.

— Veux-tu m'accompagner ? Ça te permettra d'avoir une idée plus précise de ce qui t'attendra pour l'année à venir.

— J'aurai tout le temps de dresser ce genre de constat. Pour le moment, il me semble plus urgent de chercher à rendre plus agréables à vivre les quartiers que nous occupons.

— D'accord, lui répondit-il avec un haussement d'épaules indifférent. A plus tard.

Mallory était assez contente de se retrouver seule. Bien que très fatiguée au moment où elle était allée se coucher la veille au soir, elle avait mal dormi. Comment ignorer ce grand corps masculin, allongé tout près d'elle ?

Pourtant, tout était désormais limpide entre

Torr et elle, et elle s'en réjouissait. Elle espérait même que leur relation se détende davantage encore, et qu'ils puissent se lier d'amitié. L'année à venir — qu'ils passeraient quasiment en tête à tête à Kincaillie ! — serait bien plus simple et agréable à vivre s'ils réussissaient à bien s'entendre. Jusqu'ici, elle n'avait fait aucun effort pour mieux connaître celui qu'elle avait épousé, elle en était bien consciente. Elle allait faire en sorte de partir sur de nouvelles bases.

Les données étaient différentes, à présent. Savoir que leur mariage n'était pas destiné à durer éternellement allégerait sans aucun doute la nature de leurs rapports. Elle verrait en lui un autre homme.

C'était d'ailleurs ce qui commençait déjà à se produire. Depuis leur arrivée à Kincaillie, Torr lui semblait plus accessible. Il ne serait jamais un charmeur de la trempe de Steve, mais il lui avait prouvé être capable de certaines attentions. Elle avait aussi remarqué que, sous ses remarques en apparence sévères, se cachait souvent un humour assez caustique.

Elle ne comprenait toujours pas pourquoi il lui avait proposé le mariage. Pendant ces derniers mois, il avait certes planifié de nombreuses réceptions et elle s'était montrée à la hauteur de sa tâche d'hôtesse. Une compagne parfaite, aussi, pour toutes les soirées auxquelles il était convié.

Mais cela ne répondait pas aux questions qu'elle se posait. Pourquoi le séduisant homme d'affaires qu'il était avait-il décidé de l'épouser ? Pourquoi avoir opté délibérément pour une union sans amour ? Sur le moment, il ne pensait certes pas devoir se contenter d'un mariage blanc… Et à l'heure actuelle, il était bien probable qu'il regrettât de s'être lancé dans une telle aventure. Aventure qui, de surcroît, lui avait coûté la bagatelle d'un quart de million de livres !

Torr n'était cependant pas le genre d'individu à admettre qu'il avait commis une erreur. Plus elle y réfléchissait, plus Mallory était convaincue qu'il se félicitait qu'elle ait pris cette décision. Il était probablement même soulagé que leur pacte s'achève dans douze mois.

Quoi qu'il en soit, elle avait passé une mauvaise nuit, alors qu'il s'était endormi sitôt la tête posée sur l'oreiller ! Comme il faisait un peu moins froid que le soir précédent, elle avait tenté de se tenir le plus loin possible de lui. Mais le matelas étant creux au milieu, à maintes reprises elle s'était réveillée pour constater qu'ils étaient serrés l'un contre l'autre.

A un moment, il lui avait même passé le bras

autour de la taille, comme la veille… et l'avait embrassée sur l'épaule. Tous les muscles de son corps s'étaient raidis. Retenant son souffle, elle avait senti celui de Torr, régulier, sur sa nuque, et en avait déduit qu'il dormait toujours profondément. Il l'avait sans doute prise pour une autre femme. Une femme dont il partageait souvent le lit.

Qui ? La question l'avait taraudée pendant un certain temps.

Son ex-femme ? Cela paraissait peu probable. Torr était divorcé depuis dix ans et, à en juger par ce qu'elle avait perçu dans ses propos les rares fois où il abordait le sujet, ce mariage n'avait pas été placé sous le signe de la passion.

Il s'agissait donc d'une relation récente. Le mode de vie qu'ils avaient adopté depuis leur mariage permettait tout à fait à Torr de vivre une histoire avec une femme sans que Mallory soit au courant.

Mais s'il en aimait une autre… pourquoi l'avoir épousée, elle ?

Cette autre n'était peut-être pas libre. Peut-être avait-elle décidé de son propre chef d'interrompre leur relation. Et qui sait, Torr en souffrait peut-être autant qu'elle avait elle-même souffert lorsque Steve l'avait quittée.

Au cœur de la nuit, cette hypothèse avait pris

forme, lui était apparue comme une explication de plus en plus plausible. Cela expliquerait qu'il sourie aussi peu et, surtout, qu'il ait opté pour une union dénuée d'amour. Cet héritage impromptu représentait peut-être le déclic qu'il attendait pour tourner la page. Ne lui avait-il pas dit qu'il pourrait « repartir sur de nouvelles bases » ?

Absorbée comme elle l'était par son propre chagrin, elle n'avait pas imaginé un seul instant que Torr puisse être, lui aussi, malheureux. Si tel était le cas, elle comprenait mieux qu'il ait décidé de s'investir pleinement dans la lourde tâche que représentait la restauration de Kincaillie. Cela lui occuperait le corps et l'esprit, et l'empêcherait de souffrir.

Occupée à examiner cette nouvelle situation, Mallory avait fini par s'endormir contre celui qui, comme elle, avait une peine de cœur.

Le matin venu, elle eut beau l'observer pendant qu'ils prenaient le petit déjeuner, elle ne remarqua rien qui confirme ses soupçons. Si Torr avait un chagrin d'amour, il cachait bien son jeu.

Lorsqu'il fut parti, elle décida de se mettre elle aussi à l'œuvre, et se lança dans une grande opération de nettoyage de « leur » chambre.

Quelques heures plus tard, sur le seuil de la pièce, Torr lâchait un petit sifflement admiratif.

— Quelle métamorphose ! Tu n'as pas ménagé tes efforts. Une vraie tornade blanche !

Le soir venu, alors qu'il rejoignait Mallory déjà couchée, il s'arrêta de nouveau à l'entrée de la pièce et regarda autour de lui.

— Cette chambre n'est finalement pas si mal…

— En effet… sous l'épaisse couche de poussière ! précisa-t-elle en riant.

Nettoyée de fond en comble, débarrassée des vieux objets inutiles qui l'encombraient, la grande pièce avait désormais une tout autre allure.

— Il ne lui manque plus qu'une couche de peinture, ajouta-t-elle. Ce serait une bonne idée de repeindre aussi la cuisine et la salle de bains.

— Pourquoi pas ? Nous profiterons de notre passage à Inverness, la semaine prochaine, pour acheter de la peinture.

Le visage de Mallory s'illumina d'un sourire, et, oubliant la gêne occasionnée par ce moment de la soirée où ils se retrouvaient dans le même lit, elle se redressa soudain.

— Et des lampes de chevet, aussi. Cette ampoule nue suspendue au plafond n'est pas du plus bel effet… De plus, ça t'éviterait de te lever chaque fois pour aller éteindre à l'interrupteur de la porte.

— D'accord. En fait, il faudrait que tu dresses une liste de tout ce qui te semble nécessaire. Dans la mesure où nous n'irons pas très souvent à Inverness, autant profiter au maximum de cette visite.

— Si je note tout ce qui pourrait nous être nécessaire, la liste risque d'être très longue...

Elle avait parlé en gardant les yeux délibérément rivés sur le mur d'en face, pour éviter de regarder Torr, qui commençait à se déshabiller sans la moindre gêne. Il était désormais trop tard pour se réfugier sous les couvertures et faire mine de dormir.

— Oh, tu exagères ! répliqua-t-il d'un ton moqueur. Je ne vois vraiment pas ce qui peut bien te manquer ici. Cette chambre est parfaite.

— Elle le serait davantage encore avec deux ou trois petites choses supplémentaires. Un appareil de chauffage, par exemple. Et puis des rideaux. Un matelas neuf. Un tapis. Un siège. Un miroir.

— Si tu envisages d'acheter tout cela, il faudra prendre la remorque.

Il appuya alors sur l'interrupteur, et la pièce fut plongée dans l'obscurité.

Mallory bloqua sa respiration, attendant que

Torr prenne place dans le lit. Lorsque le sommier se mit à grincer, elle expira longuement. Ces arrangements d'ordre matériel ne réglaient pas le problème qui surgissait tous les soirs, quand ils se retrouvaient allongés côte à côte.

Décider de tisser des liens d'amitié avec Torr était une chose, dormir avec lui, une autre.

Elle s'éclaircit la voix.

— Une couverture électrique… pourrait aussi s'avérer utile, reprit-elle d'une petite voix, pour meubler le silence qu'elle avait du mal à supporter.

Torr s'agitait à côté d'elle, cherchant la bonne position.

— Une couverture électrique ? répéta-t-il. Et pourquoi donc ?

— A ton avis ? On ne peut pas dire qu'il fasse très chaud dans cette chambre…

— Je suis là pour te tenir chaud, voyons !

Il y avait un léger accent de reproche dans sa voix, et Mallory regretta de ne pas voir son visage. Elle aurait dit qu'il s'agissait là d'une boutade, mais n'en était pas sûre. A vrai dire, même à la lumière, son expression trahissait rarement ses pensées.

Elle avait toutefois la curieuse impression de

mieux parvenir à le cerner depuis leur arrivée à Kincaillie.

— Si nous avions une couverture électrique, je resterais de mon côté du lit, ce qui te permettrait d'avoir davantage de place et donc de mieux dormir.

— Notre mariage n'est peut-être pas un exemple de fougue partagée, mais nous devrions bien arriver à nous tenir mutuellement chaud !

Mallory se tut, ne sachant trop comment interpréter ce commentaire. Elle était certes soulagée que Torr ait accepté sans protester ses réticences à mener avec lui une véritable vie de couple, mais cela signifiait-il pour autant qu'il ne la trouvait pas du tout attirante ?

Elle pouvait cependant difficilement se plaindre maintenant du manque d'ardeur dans leur relation…

— Cela aurait dû faire partie de notre nouvel accord, répliqua-t-elle, s'efforçant sans grand succès d'imiter le ton un peu ironique de sa voix.

— Quel accord ?

— Celui selon lequel je me suis engagée à passer un an ici.

— Ah… Nous aurions pu y ajouter une clause, en effet. *Clause a) : pas de relations sexuelles, mais les contractants sont autorisés à s'utiliser mutuellement comme bouillotte !*

Il se tourna vers elle et tendit le bras pour l'attirer contre lui.

— Autant le faire tout de suite, puisque nous nous rapprochons toujours l'un de l'autre dans la nuit !

— Mais… comment le sais-tu, puisque tu dors ? lança-t-elle, sans chercher à lui échapper.

— Pas toujours. Et maintenant détends-toi, Mallory, j'ai très bien saisi la nature de cette clause. Nous ne nous serrerons l'un contre l'autre que pour nous tenir chaud. C'est bien ce que tu veux, n'est-ce pas ?

— Euh… oui.

Consciente de ne pas s'être exprimée avec autant de conviction qu'elle l'aurait voulu, elle réprima un soupir. Torr venait pourtant de décrire parfaitement la situation.

— Oui, répéta-t-elle, plus ferme.

— Bien. Ceci étant réglé, il ne nous reste plus qu'à dormir ! Bonne nuit.

Par malheur, ce n'était pas aussi simple. Pour elle, du moins, car Torr parut sombrer dans le sommeil au bout de quelques secondes à peine. Elle ne parvenait pas, elle, à s'endormir. Ses pensées s'entremêlaient, lui jouaient des tours. Elle se laissait aller à imaginer comment se déroulerait cette nuit si leur mariage ne se résumait pas à quelques documents signés.

Elle se tournerait vers lui, lui offrirait ses lèvres, le caresserait…

La scène prit forme dans son esprit, avec une clarté, une précision, qui la stupéfia. Son cœur battait fort. Aussi fort que s'ils avaient été en train de s'embrasser.

Soudain consciente de l'orientation de ses pensées, Mallory grimaça dans le noir. C'était… grotesque ! Que faisait-elle là, à fantasmer de la sorte ? Elle venait de décider qu'ils pouvaient devenir amis, Torr et elle, et voilà qu'elle voyait en lui un mari, un amant…

Un amant ?

Mais… elle n'était pas du tout prête à passer ce cap ! Depuis Steve, pas un seul instant elle n'avait envisagé qu'un autre que lui puisse poser ses mains sur elle.

Pourtant, la nuit, quand elle était étendue à côté de Torr…

Il s'agissait très certainement d'un réflexe tout naturel, qui n'était pas lié à Torr lui-même mais à la situation.

Comment réagirait-elle s'il la serrait soudain un peu plus fort contre lui, si ses mains commençaient à la caresser, si elle sentait ses lèvres brûlantes sur sa nuque ?

— Mallory ! Tu ne dors toujours pas ? Pourquoi tressailles-tu ainsi ?

— Oh, je… faisais un mauvais rêve !

Lorsque arriva le jour du départ pour Inverness, la liste de Mallory était devenue si longue qu'ils décidèrent d'un commun accord d'utiliser la remorque.

Les quartiers qu'ils occupaient dans le château étaient désormais immaculés, et avaient été vidés de maints objets inutiles accumulés au fil du temps. Tant et si bien que la décoratrice qu'elle était n'avait aucun mal à évaluer tout le potentiel de ces pièces de belles dimensions, et à commencer à échafauder des projets d'aménagement.

Quelques visites dans le jardin attenant à la cuisine avaient aussi aiguisé son intérêt. Après avoir procédé à des opérations de nettoyage répétées, elle avait découvert un certain nombre d'arbustes vivaces qui avaient survécu à de longues années d'abandon.

— J'ai extirpé d'entre les broussailles une rangée entière de cassis et groseilliers ! lança-t-elle un soir avec enthousiasme, alors qu'ils s'apprêtaient à dîner. Ce jardin a dû être superbe, autrefois.

— Kincaillie était un lieu très animé au XIXe siècle, époque de son apogée. D'après les histoires que racontait mon grand-père, il y avait beaucoup de domestiques, et la famille organisait souvent des fêtes. Il n'est pas impossible qu'ils y aient servi les fruits et légumes qui poussaient là.

Imaginer le château tout illuminé, rempli de gens et résonnant de rires relevait pour Mallory de l'acrobatie mentale ! Intriguée néanmoins par les propos de Torr, elle retourna dans le jardin, et ne fut pas longue à découvrir, tout au fond, quelques pommiers et poiriers.

Elle qui n'avait jamais possédé qu'une cour intérieure à Ellsborough découvrait avec autant de surprise que de plaisir les joies du jardinage. Elle ajouta donc tout naturellement à la liste qui s'allongeait de jour en jour des outils de jardinage.

Occupée comme elle l'était par toutes ces activités, elle ne vit pas passer les deux semaines. Kincaillie lui devenait de plus en plus familier, et elle avait maintenant presque hâte de se mettre réellement à la tâche. Ils partaient chaque jour explorer les alentours, Charlie et elle. Elle se disait qu'elle partait avec le chien pour éviter de se perdre et parce qu'il était ravi de ces promenades au bord de l'eau mais, en vérité, c'était parce qu'elle n'aimait toujours pas les montagnes environnantes. Elle les trouvait trop hautes, trop dénudées. Retrouver l'univers familier de la cuisine la rassurait toujours.

Elle s'habituait à Kincaillie, et la perspective d'y vivre pendant les douze mois à venir ne l'effrayait plus.

Sa relation avec Torr devenait, elle aussi, beaucoup plus simple, plus détendue. Grâce à ses activités, elle pensait de moins en moins à Steve. Quelquefois, quand elle y réfléchissait, elle se disait même que son cœur commençait peut-être à cicatriser.

Torr lui ayant appris à se servir du vieux fourneau, ils préparaient les repas à tour de rôle, ou quelquefois même ensemble. Ensuite ils s'installaient devant le feu, comme un couple marié, et bavardaient de tout et de rien. Sauf justement de leur mariage ou de la vie qu'ils menaient avant leur arrivée à Kincaillie.

Tout paraissait s'être mis en place.

Tout, sauf les nuits. Mallory ne s'habituait pas à partager le lit de Torr. En dépit de la fatigue qu'elle ressentait à la fin de ces journées bien remplies, elle quittait toujours à contrecœur l'âtre pour rejoindre la chambre. Et la différence de température entre les deux pièces n'était pas seule responsable de ses réticences. En dépit de la clause ajoutée à leur accord, Mallory était toujours aussi mal à l'aise quand ils se retrouvaient étendus côte à côte. Plus encore, même, que les tout premiers soirs. D'une certaine façon, partager le lit avec Torr lui avait paru plus facile au tout début, quand leurs rapports étaient moins amicaux.

Il lui proposait toujours de sortir Charlie une dernière fois, le soir, ce qui lui laissait le temps de se préparer pour la nuit. Lorsqu'il arrivait dans la chambre, elle était déjà tapie sous les couvertures. Et à ce moment-là, la conversation, si aisée devant la cheminée, prenait pour Mallory des allures de torture. Quelles que soient ses tentatives pour s'exprimer de façon aussi naturelle que Torr, elle n'y arrivait pas. Et la situation se compliquait davantage encore quand il s'étendait à côté d'elle et la gardait serrée contre lui pour lui tenir chaud. Elle était alors si crispée qu'elle ne parvenait à s'endormir qu'au bout d'un très long moment.

A Inverness, ils achèteraient un chauffage et un matelas neuf, ce qui devrait lui rendre plus faciles le moment du coucher et la nuit qui s'ensuivait. Elle attendait ce voyage à la ville la plus proche avec une excitation presque identique à celle qu'elle avait éprouvée avant son départ pour Paris. Parfois, elle avait du mal à croire qu'elle habitait

Kincaillie depuis quinze jours à peine. Mais si tout se déroulait bien mieux qu'elle ne l'avait imaginé, dans ce lieu reculé du monde, elle avait tout de même hâte de retrouver l'agitation citadine.

En voyant la longue liste d'emplettes, Torr avait froncé les sourcils.

— Je doute fort que nous réussissions à tout faire en un seul jour. D'autant qu'il y a ce rendez-vous avec l'architecte, et que nous devrons aussi passer à un hypermarché pour remplir les placards de la cuisine. Les provisions que nous avons apportées sont épuisées. Je pense donc qu'il vaudrait mieux passer la nuit sur place.

— Et Charlie ?

— Il viendra avec nous. Je suis sûr que nous réussirons à trouver un hôtel qui accepte les animaux.

Mallory était donc d'excellente humeur ce matin-là, lorsqu'ils quittèrent Kincaillie aux premières lueurs de l'aube. C'était la première fois qu'elle s'éloignait du château depuis leur arrivée, par cet horrible soir de tempête, et elle regarda autour d'elle avec beaucoup d'attention, puisqu'elle n'avait rien pu distinguer de précis quinze jours plus tôt.

Au début, ils ne longèrent que des montagnes semblables à celles auxquelles elle avait tant de mal à s'habituer. Puis, au bout d'une vingtaine de kilomètres, ils arrivèrent dans un village assez grand, dont la place était occupée par un bureau de poste, une épicerie drugstore et un hôtel à la façade en pierre blanche.

— Ah, enfin la civilisation ! s'exclama-t-elle, narquoise.

Torr se tourna brièvement vers elle, un petit sourire amusé aux lèvres.

— Ce village s'appelle Carraig. Il te semble insignifiant, mais il recèle plus de possibilités qu'il n'y paraît au premier regard. Ce sera le centre de ta vie sociale pendant les prochains mois.

Mallory regarda la rue principale, complètement vide, et fronça le nez. Elle doutait de trouver là beaucoup de gens avec lesquels elle pourrait se lier d'amitié.

— Je pense que j'irai plutôt à Inverness de temps en temps, prendre un bon bol d'air pollué !

Ce fut Torr qui fronça le nez, cette fois.

— Tu risques de changer d'avis quand tu verras le temps qu'il nous faut pour y arriver…

6.

Après ces deux semaines d'isolement, Inverness lui fit l'impression d'une mégapole en pleine effervescence : le mouvement, le bruit, les gens, les voitures, ces magasins… En résumé, tout ce qui lui avait tant manqué à Kincaillie ! Pourtant, au lieu de se sentir dans un environnement familier, elle avait l'impression d'arriver dans un pays étranger.

Ils se rendirent d'abord à l'hôtel où Torr avait réservé deux chambres, sans la consulter. En l'entendant formuler cette requête, Mallory se dit qu'elle en était soulagée.

— Ils ont dû trouver ça un peu étrange, non ? murmura-t-elle tandis que le réceptionniste s'éloignait pour récupérer les clés. Un couple marié qui réserve deux chambres…

Il haussa les épaules.

— Libre à eux de penser ce qu'ils veulent ! Quelle importance ? Nous paierons pour ces deux chambres, et c'est là tout ce qui compte à leurs yeux.

En le voyant réagir ainsi, elle eut soudain l'étonnante impression de se retrouver face à l'homme d'affaires qu'elle avait connu à Ellsborough. Face à l'individu qu'il était avant son arrivée à Kincaillie.

— Hum... Bien sûr. Mais ils doivent se poser des questions à notre sujet, fit-elle, mal à l'aise.

— Si ça doit te rassurer, dis-leur que je refuse de dormir dans la même chambre que le chien, ou quelque chose de ce genre.

Agacée par cette attitude un peu dédaigneuse, Mallory se surprit à insister.

— Je pourrais... leur dire que tu ronfles.

— Dis-leur ce que tu veux.

Il se tut, le temps que le réceptionniste leur remette les clés et s'éloigne de nouveau, puis se pencha pour prendre leurs bagages.

— Tu peux même leur dire la vérité.

— La... vérité ? répéta-t-elle, agrippée à la laisse de Charlie.

— Oui. Leur expliquer que tu n'aimes pas dormir avec ton mari.

Ses joues s'empourprèrent.

— Ce n'est pas moi qui ai réservé deux chambres,

Torr ! Ils pensent peut-être que c'est toi qui n'aimes pas dormir avec moi.

Il marqua une pause pour la regarder de la tête aux pieds. Son regard, éteint pendant de longs mois, avait retrouvé la flamme qui y luisait quand il l'avait connue. Dans cette veste en laine vert émeraude qu'elle portait sur un jean, elle était ravissante.

— Je ne crois pas que cette idée leur vienne à l'esprit, dit-il à voix basse.

Mallory sentit sa gorge se nouer. Son cœur cognait contre sa poitrine. Elle ne pouvait cependant pas tourner la tête, se soustraire à ce regard bleu foncé. Un regard si perçant qu'elle se prit à redouter qu'il lise en elle et devine le trouble qui s'emparait d'elle, le soir venu.

— Je… vais promener Charlie, articula-t-elle.

— D'accord. Je monte nos bagages. Retrouvons-nous dans une demi-heure à la cafétéria, pour le petit déjeuner.

Pareille à une automate, elle sortit et se mit à arpenter à grands pas les rues voisines. A une allure telle que Charlie, qui aimait bien s'arrêter souvent pour renifler de nouvelles odeurs, manifesta à plusieurs reprises son mécontentement.

« Je ne crois pas que cette idée leur vienne à l'esprit. »

Qu'avait-il voulu dire par là ? S'il était peu probable que le personnel de l'hôtel s'imagine qu'il ne la désirait pas… cela signifiait-il qu'il la désirait ? Dans ce cas, pourquoi ne pas le lui dire ?

Mais, était-ce là ce qu'elle souhaitait ?

Mallory était incapable de répondre à la question. Habituée depuis longtemps à n'avoir que Steve dans sa vie, elle se sentait désorientée. Mais elle ne le montrerait certainement pas à Torr !

Lorsqu'elle revint à l'hôtel, elle monta Charlie dans la chambre puis rejoignit Torr à la cafétéria en veillant bien à afficher son air le plus détaché. Pourtant, quand elle le vit assis près d'une fenêtre, son cœur s'emballa. Elle continua d'avancer, s'efforçant de ne rien trahir de ce qu'elle ressentait.

Il releva alors la tête, et leurs regards se croisèrent longuement. Au prix d'un effort, elle réussit à faire ces derniers pas sans rien trahir de ses émotions.

— Je m'apprêtais justement à commander, lui dit Torr tandis qu'elle s'asseyait en face de lui. Que veux-tu ?

« Cesser d'avoir ce genre de réaction en face de toi. Que notre relation redevienne ce qu'elle était à ses débuts. Voilà ce que je veux ! »

— Je vais prendre un café, merci.

— Je te conseille de manger. Nous avons une longue journée devant nous, et il n'est pas impossible que nous ne puissions pas déjeuner. Tout dépendra du temps que nous passerons avec Sheena.

— Sheena ?

En entendant le prénom féminin, elle avait aussitôt levé la tête de la carte.

— Sheena Irvine, l'architecte.

Il leva la main pour héler la serveuse, et elle reporta en hâte son attention sur les plats proposés. Après avoir choisi des œufs brouillés servis avec des toasts et du saumon fumé, elle posa les avant-bras sur la table et attendit que la serveuse se soit éloignée pour demander incidemment :

— Tu me parlais de cette architecte…

— Oui. Comme je crois te l'avoir déjà dit, il s'agit d'une jeune femme très compétente, qui jouit d'une excellente réputation. Elle m'a été chaudement recommandée.

— Hum… Et ? insista-t-elle, consciente de se comporter de façon stupide.

S'il parut étonné de son insistance, il continua néanmoins de se prêter à ce jeu.

— Elle est intelligente, talentueuse, élégante… Qui plus est, elle pratique elle aussi l'escalade, et il se trouve que nous avons gravi les mêmes sommets. Que voudrais-tu savoir encore ?

— Est-elle ce qu'on appelle une belle femme ?

— Sans conteste. Tu devrais bien l'aimer.

Elle en doutait.

Mallory ne s'était pas trompée. Sheena ne suscita en elle aucune sympathie, et elle aurait parié cher que la réciproque était vraie.

Dotée d'un teint pâle et de superbes cheveux cuivrés, Sheena avait le type même d'une Ecossaise. La description faite par Torr correspondait très bien à la réalité, et elle eut tout le loisir de constater que la jeune architecte était en effet un modèle d'élégance.

Pendant qu'une employée leur préparait du thé, ils parlèrent de tout et de rien puis, ces préliminaires finis, Mallory dut écouter Torr et Sheena échanger avec un plaisir manifeste leurs impressions sur certains de leurs exploits en montagne. Sa pratique de l'escalade se limitant à grimper les escaliers, elle garda un sourire poli plaqué sur ses lèvres, et les observa à loisir.

De toute évidence, l'architecte ne s'attendait pas à ce que Torr soit flanqué d'une épouse, et cette découverte ne semblait guère la ravir. Mallory en déduisit que Torr n'avait pas fait la moindre allusion à son existence, et ne put s'empêcher d'en être froissée. Leur relation n'avait certes rien de conventionnel, mais il aurait pu au moins mentionner qu'il était marié.

L'attitude de Sheena démontrait clairement que Torr lui plaisait. Sa façon de l'écouter, de le regarder, de lui sourire, ne laissait aucun doute là-dessus. Et il participait, lui, à cette conversation avec un enthousiasme qu'il ne lui avait jamais manifesté. A croire qu'ils avaient oublié sa présence…

Eh bien, elle allait la leur rappeler !

Quand ils se levèrent pour étudier les plans posés sur une grande table, Mallory se rapprocha de Torr et lui posa la main sur le bras, le prit par la main, mettant bien en évidence son alliance. Elle fit même en sorte de l'appeler « mon chéri » au hasard de la conversation, afin d'insister un peu plus encore sur la nature de leur relation. Tout au moins, celle qu'elle cherchait à montrer.

— Aurais-tu la gentillesse de m'expliquer le motif de toutes ces marques d'affection ? lança Torr quand ils eurent quitté le cabinet.

Le regard innocent, elle remonta le col de sa veste pour se protéger du froid.

— Comment ?

— Tu m'as très bien compris ! Toi qui ne supportes pas que je te touche, tout à coup tu ne pouvais pas te passer de me prendre par le bras, par la main… Et depuis quand suis-je « ton chéri » ? finit-il avec un regard sardonique.

Elle haussa les épaules.

— Dans la mesure où tu semblais avoir oublié que nous sommes mariés, je cherchais tout simplement à te le rappeler.

— Ne sois pas stupide !

— Je ne comprends pas pourquoi tu as jugé utile de m'amener ici. J'aurais du mal à citer tous les sommets que vous avez escaladés… Sans oublier le chapitre historique sur l'Ecosse !

Ils marchaient maintenant sur le trottoir, et il baissa sur elle un regard froid.

— Au cas où tu l'aurais oublié, je me suis adressé à Sheena pour qu'elle dresse des plans de restauration de Kincaillie. Et elle a donc fait des recherches afin de ne pas commettre d'erreur, par rapport au style à préserver. Je dois dire au passage que les plans qu'elle nous a montrés me plaisent beaucoup. Pas à toi ? Mais peut-être étais-tu trop occupée à jouer ton petit jeu pour les apprécier ?

— Pas du tout ! Ces plans sont en effet de grande qualité. Et je ne me serais pas comportée comme je l'ai fait si vous ne m'aviez pas complètement ignorée ! Pendant tout ce temps, j'ai eu l'impression de ne pas exister.

— Tu aurais très bien pu participer à la conversation, au lieu de fusiller Sheena du regard !

— Je ne vois pas bien à quel moment j'aurais pu placer un mot !

Il marchait d'un bon pas, et elle avait du mal à le suivre, avec ses bottes à talons. Elle comprenait mieux maintenant ce qu'avait dû endurer le pauvre Charlie, un peu plus tôt.

— Lui as-tu dit que tu étais marié quand vous vous êtes rencontrés la fois d'avant ?

— Il s'agissait d'un rendez-vous professionnel. L'occasion ne s'est pas présentée.

— Sheena est-elle mariée ?

— Divorcée, lui répondit-il à contrecœur.

— Ah… L'occasion de parler de son divorce s'est en revanche « présentée » — pour reprendre ton expression !

Torr s'arrêta brusquement et se tourna vers elle.

— Si j'ai bien compris, tu ne veux pas de moi, mais tu ne veux pas non plus que Sheena me témoigne de l'intérêt ! assena-t-il.

— Simple question de… courtoisie ! Tu crois peut-être que c'était amusant pour moi de rester assise à vous observer pendant que vous vous livriez à vos petits jeux de séduction ?

— A t'entendre, on croirait que tu es jalouse…, observa-t-il, arquant un sourcil.

— Jalouse ? Jalouse ! Non, bien sûr. Tu es parfaitement en droit d'aimer les rousses au teint pâle. Mais évite de me faire assister à ce genre de démonstration !

— Est-ce une façon à peine déguisée de me dire que ça ne te dérangerait pas outre mesure que j'aie une aventure ?

La jeune femme eut l'impression d'être clouée sur place. Quelques secondes s'écoulèrent avant qu'elle ne trouve une réponse adéquate — sans lui dire qu'elle ne voulait pas en entendre parler !

— Si tel était le cas… à quoi bon rester mariés ? lui répondit-elle avec désinvolture.

— Et à quoi bon aussi rester marié à une femme qui s'obstine à n'avoir avec moi que des relations amicales ?

— Je te rappelle que ce mariage était ton idée. Et que c'est toi aussi qui es à l'initiative de la « clause a) »…

Il se tut, et les yeux marine fouillèrent son regard.

— Tu as raison, dit-il enfin avant de reprendre sa marche.

Mallory lui emboîta le pas.

— Dommage que tu n'aimes pas Sheena. Elle sera souvent présente à Kincaillie quand les travaux commenceront. Elle aurait pu devenir une amie pour toi. Tu te plains toujours de ne pas avoir d'amis ici…

— C'est faux, je ne me plains pas toujours ! Et je n'ai aucun besoin d'une amie prête à flirter avec le mari d'une autre, merci bien ! Je préfère la compagnie de Charlie.

— C'est ton droit.

Ils venaient d'arriver à l'embranchement de deux grandes artères, et il s'arrêta pour regarder autour de lui, cherchant à se repérer.

— Nous avons une journée très chargée qui nous attend. Je suggère donc que nous oubliions Sheena Irvine pour nous y mettre sans plus tarder. Voyons, quelles sont les priorités sur cette liste ?

Lorsqu'ils regagnèrent enfin l'hôtel, en fin d'après-midi, Mallory avait du mal à avancer. Vu les distances qu'ils avaient parcourues, elle regrettait de ne pas avoir choisi ce matin-là des chaussures plus confortables. Jusqu'ici, elle avait toujours fait du shopping avec une amie et, à ces occasions, elles s'arrêtaient souvent prendre un café ou un rafraîchissement. Avec Torr, ce genre de frivolité paraissait superflu. Ils avaient méthodiquement acheté tout ce qui était marqué sur la liste, sans s'accorder la moindre pause.

L'après-midi pouvait cependant être considéré comme un succès, puisqu'ils avaient trouvé presque tous les objets inscrits sur la liste, qu'ils récupéreraient le lendemain. Et les bottes à talons, très adaptées à une séance de shopping normale, avaient fini, au fil des heures, par se transformer en véritable instrument de torture.

Comme elle entrait en boitillant dans le hall de l'hôtel, Torr leva les yeux au ciel.

— Je me charge de sortir Charlie, lâcha-t-il d'un ton brusque, puisque moi au moins je suis chaussé normalement !

Trop contente pour reprocher à Torr la façon dont il s'était adressé à elle, Mallory enleva ses bottes dès qu'ils eurent passé le seuil de l'établissement, et traversa pieds nus les différents couloirs qui menaient à sa chambre. Dès qu'elle en eut ouvert la porte, le chien ne cacha pas sa joie de les voir arriver. Après s'être trémoussé en poussant des petits jappements, il partit en quête d'un objet à offrir à sa maîtresse, et revint avec l'un des chaussons fournis par l'hôtel coincé dans la gueule.

— Cet animal est plus raisonnable que toi ! Tu aurais mieux fait de partir en pantoufles.

Elle ne tenta pas de protester, et attendit que Torr soit parti avec l'animal pour se diriger vers la salle de bains. Quelques minutes plus tard, elle utilisait les produits offerts par l'établissement pour se préparer un bain moussant au chèvrefeuille, dans lequel elle s'immergea avec délices.

La journée avait été harassante, et elle resta plus longtemps que prévu à se prélasser dans l'eau chaude. Elle y était toujours quand un coup péremptoire retentit à la porte de la chambre.

— J'arrive ! lança-t-elle, soudain prise d'un accès de culpabilité. Une petite minute…

Elle sortit en hâte de la baignoire et entoura ses cheveux d'une serviette, avant de s'envelopper dans un drap de bain.

— Désolée, dit-elle en grimaçant.

Elle dut alors s'agripper à deux mains au drap de bain que le chien, tout heureux, commençait à mordiller.

— Ça suffit Charlie ! Couché !

Elle essaya de le calmer en se penchant pour lui caresser la tête, mais ce n'était pas facile, car elle devait en même temps veiller à ne surtout pas lâcher le drap de bain.

— Charlie ! intervint Torr d'un ton sévère.

Le chien se coucha aussitôt sur le parquet. Son air stupéfait provoqua le rire de sa maîtresse. Elle souriait encore quand elle se redressa.

— Merci, dit-elle.

Elle s'aperçut que Torr souriait lui aussi. Mais dès que leurs regards se rencontrèrent, les sourires se dissipèrent. La scène était identique à celle qui s'était produite ce matin-là dans le hall de l'hôtel. Aussi intense, aussi troublante. A la différence près qu'elle était presque nue, cette fois.

Les yeux bleus descendirent vers ses lèvres, où ils s'attardèrent quelques instants avant de poursuivre leur lent cheminement vers ses épaules, sa poitrine. Elle frissonna et resserra en hâte le drap de bain autour d'elle.

— Je… te remercie de t'être occupé de Charlie, fit-elle, aussi naturellement que possible.

— Je t'en prie.

Baissant cette fois les yeux sur ses pieds nus, il reprit :

— J'imagine que tu préfères ne pas marcher, ce soir. Nous pourrions dîner à l'hôtel. J'ai regardé la carte en passant, et ils proposent des plats tout à fait appétissants. Quand tu seras prête, frappe à la porte de ma chambre. Nous prendrons un apéritif au bar avant de passer à table.

— D'accord.

Sa voix étant à peine perceptible à ses propres oreilles, elle répéta un peu plus fort :

— D'accord.

Puis il partit et, après avoir refermé la porte sur lui, elle s'adossa au battant et lâcha un long soupir. Que diable lui arrivait-il donc, aujourd'hui ? Torr était l'homme qu'elle avait épousé. Ce même homme qui avait déclaré n'avoir pour elle aucun désir, et qui avouait en toute quiétude trouver Sheena Irvine très attirante.

Il fallait qu'elle se ressaisisse !

Pour la première fois depuis bien longtemps, elle dut se concentrer pour que l'image de Steve prenne forme dans son esprit. C'était à n'y rien comprendre. Après l'avoir obsédée pendant d'interminables mois, voilà que les souvenirs la fuyaient.

Elle n'avait pas oublié Steve, mais son image devenait floue, se brouillait. Un peu comme celles que l'on garde d'un vieux film. Elle ne se rappelait plus très bien non plus ce qu'elle avait ressenti auprès de lui. Mais la douleur qui avait succédé à son départ restait bien ancrée en elle. Cette souffrance à peine tolérable ne sombrait pas dans l'oubli.

Et ce soir-là, à Inverness, elle apportait un soin tout particulier à sa toilette avant de rejoindre l'homme qu'elle avait épousé. Elle se préparait à ce dîner comme s'il s'agissait d'un premier rendez-vous. En traversant le couloir pour le rejoindre, après avoir installé Charlie pour la nuit, elle ressentit même de curieuses crampes à l'estomac.

Il lui ouvrit au premier coup qu'elle frappa à la porte et, en le voyant, elle sentit sa gorge se sécher. Sa tenue n'avait pourtant rien d'extraordinaire. Il portait un costume et une cravate, ce qui était très fréquent à l'époque où ils habitaient Ellsborough et où il dirigeait plusieurs entreprises. Elle l'avait vu maintes fois habillé de la sorte mais, ce soir-là, elle lui trouvait particulièrement fière allure.

Rien d'étonnant, donc, à ce que Sheena lui ait manifesté un intérêt aussi évident.

Mallory avait elle-même revêtu le tailleur-pantalon de soie gris-vert qu'elle avait apporté pour la circonstance, et mis un châle en mohair noir sur ses épaules pour se protéger du froid. Ses épais cheveux noirs étaient ramassés en un chignon bas, et elle avait appliqué un trait de crayon sur ses paupières pour accentuer l'éclat de ses yeux. Un peu de gloss, aussi, pour donner à ses lèvres un aspect plus pulpeux.

Sous le regard attentif de Torr, elle se sentit soudain aussi nue que quand il l'avait surprise sortant du bain.

— Tu es… très en beauté, lui dit-il après s'être éclairci la voix.

— Merci.

Avec une grimace comique, elle ajouta :

— Ce n'est pas le genre de tenue que j'ai souvent l'occasion de porter dans la cuisine de Kincaillie !

— En effet…

Il hocha la tête, et ils restèrent quelques instants à se dévisager, de nouveau dans un silence gêné.

— Bon… eh bien, allons-y.

Ils entraient dans la cabine d'ascenseur quand il reprit, d'un ton un peu guindé :

— Ta chambre te convient-elle ?

— Beaucoup, merci.

— J'ai pensé que tu apprécierais le fait de dormir seule, ce soir, pour changer. Je ne crois pas que tu aies besoin de moi. Il faisait si chaud dans ma chambre tout à l'heure que j'ai entrouvert la fenêtre quelques minutes.

— Il fait un peu trop chaud dans la mienne aussi.

Elle se garda de préciser qu'elle la trouvait aussi trop grande… et qu'elle s'y sentait seule.

— Qui sait, peut-être sommes-nous en train de nous habituer à Kincaillie ! conclut-elle.

Le regard toujours posé sur elle, Torr hocha la tête.

— Peut-être bien.

Le restaurant de l'hôtel jouissait apparemment d'une certaine notoriété car, sans être bondé, le bar attenant était assez animé quand ils y entrèrent. Il y avait là d'autres couples et, tandis qu'ils prenaient place à une table, Mallory ne put s'empêcher de se demander si certains d'entre eux faisaient aussi chambre à part.

Assis face à face, ils commandèrent des cocktails tout en faisant des efforts manifestes pour alimenter la conversation. A les voir et à les entendre, nul n'aurait deviné qu'ils étaient mariés depuis six mois. Mallory avait l'impression de se trouver en présence d'un étranger.

De ce fait, ce fut pour elle un soulagement de passer dans la salle à manger. Du moins pourraient-ils parler des plats proposés au menu. Mais lorsqu'ils eurent choisi et passé commande, un silence plus épais encore, comparé aux conversations des tables voisines, se fit entre eux.

— Alors, dit enfin Torr en s'adossant à son siège, es-tu heureuse de retrouver les fastes de la ville ?

Elle afficha un sourire rayonnant.

— Oh oui !

Mais elle n'en était pas si sûre. Elle s'était sentie trop troublée toute la journée pour apprécier vraiment cette visite à Inverness. Et elle en rendait Torr davantage responsable que la ville elle-même.

— C'est agréable de voir du monde, reprit-elle en balayant la salle du regard.

Les autres clients bavardaient et riaient en toute simplicité. Personne n'avait cette attitude empruntée qui était la leur.

— Voilà ce qui me manque à Kincaillie. J'ai toujours vécu en ville, où il suffit de faire quelques mètres dans la rue pour pouvoir acheter du pain, retrouver une amie pour boire un café ou autre. Il est possible de se distraire, en ville. De s'évader, de se fuir soi-même.

Elle n'avait pas eu au départ l'intention de se livrer ainsi, mais les mots avaient franchi spontanément ses lèvres.

— Tu veux dire par là… de te fuir, ou de me fuir ? insista Torr.

— Pour l'essentiel, de me fuir. De faire comme si rien n'avait d'importance, comme si chaque jour n'était qu'une étape à franchir avant de pouvoir retourner se coucher et dormir.

— Est-ce donc là ce que tu as vécu ?

Il s'était adressé à elle d'une voix beaucoup plus

douce qu'à l'accoutumée. Elle hocha la tête. Son regard compréhensif lui réchauffait le cœur.

— Pendant longtemps, j'ai refusé d'admettre à quel point Steve m'avait fait souffrir. J'essayais de lui trouver des excuses, un motif qui explique pourquoi il avait agi de la sorte. C'était plus facile que d'affronter crûment la vérité, de me dire qu'il m'avait utilisée, qu'il m'avait menti, et pour finir, qu'il m'avait abandonnée.

Le plus difficile avait été d'accepter qu'il ne l'avait sans doute jamais vraiment aimée.

— J'avais l'impression d'être entourée de fil de fer barbelé. Si je pensais à Steve et à la façon dont il avait agi, c'était comme si j'avais tenté de me libérer. Les pointes entraient dans ma chair, provoquaient une douleur insupportable.

Sa voix se brisa tandis qu'elle évoquait cette période de sa vie durant laquelle elle avait vécu dans une sorte de bulle.

— J'ai donc choisi de rester le plus tranquille possible. Si j'évitais de penser et de ressentir, j'étais toujours prise au piège, mais le fil de fer barbelé ne me blessait pas.

Elle cligna des paupières et adressa à Torr un semblant de sourire.

— Tu me considères comme une lâche, j'imagine ?

— Non. Chacun de nous réagit comme il peut, face à certaines situations.

Il marqua une pause, puis hocha la tête.

— Je comprends maintenant pourquoi tu avais un air si froid, si lointain, à Ellsborough.

— J'avais l'impression d'être morte à l'intérieur de moi-même. Des amis me disaient que j'aurais dû être furieuse, mais je n'y arrivais pas. Je ne parvenais pas à ressentir quoi que ce soit. A Ellsborough, j'arrivais à me distraire en sortant, en essayant de voir des gens, de m'occuper. Mais quand je suis arrivée à Kincaillie, je me suis retrouvée confrontée à moi-même. Il n'y avait personne ici, rien. Rien d'autre que ces sombres montagnes, la mer…

Torr, qui guettait les moindres réactions de son visage, intervint à ce moment-là.

— Voilà pourquoi tu as tant pleuré le premier jour ?

— Oui. J'ai compris qu'il m'était impossible de fuir éternellement la vérité. Il fallait que j'admette, à un moment ou un autre, que Steve ne m'aimait plus. Et ça s'est avéré aussi douloureux que je l'avais imaginé.

Un petit silence suivit cette déclaration.

— Crois-tu que tu arriveras un jour à surmonter ce chagrin d'amour ?

Elle ne lui répondit pas tout de suite, et quand elle le fit, ce fut pour lui poser à son tour une question.

— As-tu déjà été amoureux ?

Il tourna la tête.

— Oui.

— Et comment a fini cette histoire ?

Torr hésita.

— Pour être honnête, elle n'a jamais commencé dit-il avec un haussement d'épaules. C'est un cas type d'amour unilatéral ! finit-il sur le ton de la dérision.

Il se moquait de lui-même, mais Mallory devinait une blessure plus importante qu'il n'était prêt à l'admettre. Et cela ne la surprenait pas. Elle avait toujours soupçonné un chagrin d'amour sous cette apparence plutôt sévère.

— Est-ce pour cette raison que tu m'as épousée ?

Cette question fut suivie d'un long silence, et elle crut qu'il n'y répondrait pas. Après avoir fait tourner son verre entre ses doigts, il plongea enfin dans le sien son regard, d'un bleu très profond ce soir-là.

— Oui.

— Et… l'aimes-tu toujours ?

Cette fois encore, il répondit par l'affirmative.

— Penses-tu parvenir à l'oublier un jour ?

Il s'immobilisa, puis haussa de nouveau les épaules.

— Ce serait plus simple si j'y parvenais, mais j'en doute.

— Alors pourquoi penses-tu que je pourrais, moi, tourner la page sur Steve ?

— Vu la façon dont il s'est comporté, ce type ne mérite pas que tu passes ta vie à te morfondre.

Mallory soupira.

— Ce n'est pas facile d'arrêter d'aimer quelqu'un, même quand on sait qu'il le faudrait. Tu es bien placé pour le savoir, je suppose…

Torr observa un silence, puis hocha la tête.

— Nous voilà donc dans le même bateau ! lança-t-elle avec un sourire.

— C'est-à-dire ?

— Nous aimons tous les deux quelqu'un qui ne nous aime pas en retour.

Il se tut de nouveau, puis finit par murmurer :

— Oui, je suppose…

7.

Le serveur attendit qu'il ait goûté le vin avant de les servir et de s'éloigner enfin de leur table.

— Je ne comprends pas que tu puisses aimer quelqu'un qui t'a traitée de cette façon.

Songeuse, Mallory porta son verre à ses lèvres.

— Quand je suis tombée sous le charme de Steve, je n'imaginais pas un seul instant qu'il soit capable d'une telle malhonnêteté. Je savais bien qu'il n'avait pas que des qualités… mais il était si beau, si drôle ! Auprès de lui, j'étais toujours très heureuse — au point de fermer les yeux sur ses défauts.

Un sourire triste se dessina sur ses lèvres.

— Avec Steve, tout paraissait possible. Il avait une façon bien à lui de rendre ses idées irrésistibles.

— Comme les meilleurs imposteurs !

— Peut-être… Je sais seulement que quand il

m'a proposé de m'associer avec lui pour restaurer de vieilles maisons, l'idée m'a aussitôt séduite : il se chargeait du gros œuvre, moi de la décoration. Tout s'est d'ailleurs très bien passé au début. Mais très vite, il a considéré que cela ne lui suffisait pas. C'est à ce moment-là qu'il a commencé à parler du rachat des entrepôts situés en bordure du fleuve. Au début, j'étais sceptique. Mais il était doté d'un véritable talent de persuasion, et j'ai très vite partagé son avis. Nous nous lancions dans une nouvelle aventure, et pas des moindres !

Buvant lentement une gorgée de vin, Mallory se rappela leurs soirées à étudier les plans, excités comme deux enfants. A cette période-là, Steve avait-il déjà décidé de s'enfuir avec l'argent qu'ils récolteraient ? Probablement.

— Tu n'as en tout cas eu aucun mal à me convaincre qu'il s'agissait d'un projet très intéressant.

Elle cligna des paupières. Cette initiative venait de Steve. C'était lui qui l'avait incitée à proposer à Torr d'investir dans cette affaire.

— Les banques acceptaient de nous prêter de l'argent pour mettre ce projet sur pied, mais pas suffisamment. Comme tu avais fait appel à mes services pour décorer ta maison…

— Ça coulait de source, en effet, observa-t-il avec un rire sec.

— Les autres hommes d'affaires auxquels il s'est adressé ont eux aussi été séduits. On connaît la suite…

— Sais-tu où il est, à présent ?

Mallory secoua la tête.

— La police a découvert qu'il a pris un ferry à Douvres, et à partir de ce moment-là, impossible de retrouver sa trace. Il peut se trouver n'importe où sur le continent. J'imagine que, à l'heure qu'il est, il a une autre compagne, ajouta-t-elle avec amertume. Steve n'est pas le genre d'individu à rester longtemps célibataire !

Elle promena sur la salle un regard absent, avant de poursuivre, sur le ton de la confidence :

— Sais-tu ce qui m'est le plus pénible ? De ne pas savoir ce qu'il pensait vraiment quand nous étions ensemble. D'ignorer s'il m'aimait ou pas, s'il envisageait de m'épouser ou s'il préparait déjà son départ ! J'ai de merveilleux souvenirs, et maintenant je ne sais pas s'ils sont authentiques ou fabriqués…

Un soupir s'échappa de ses lèvres tandis qu'elle secouait la tête.

— Comment ai-je pu être aussi naïve ? Je m'en veux d'autant plus qu'à cause de mon manque de discernement bon nombre d'hommes d'affaires ont voulu nous suivre dans cette aventure, et y ont laissé des plumes pour reprendre une expression populaire !

— Ils ont été dédommagés.

Elle avala sa salive et chercha son regard.

— Tous, sauf toi !

— Ce n'était pas ta faute, Mallory. Certaines personnes savent à merveille jouer un rôle quand cela leur convient, puis montrer soudain leur véritable visage. Mon ex-femme, par exemple. Je ne crois pas être particulièrement crédule, et pourtant elle s'est bien moquée de moi ! Avant notre mariage, nul n'aurait pu rêver caractère plus exquis. Sous ces apparences se cachait pourtant une femme vénale, calculatrice, d'une grande froideur. Au moment de notre divorce, je me suis demandé plus d'une fois comment j'avais pu me faire berner à ce point.

— Tu m'as pourtant proposé le mariage... sachant que je t'épousais pour des motifs financiers.

— Exact. Mais tu n'as jamais fait semblant d'éprouver quoi que ce soit pour moi, c'est là toute la différence.

Quelques heures plus tôt, elle lui mentait pourtant elle aussi, en affirmant ne ressentir aucune jalousie à l'égard de Sheena. Elle préféra néanmoins ne pas aborder ce chapitre. Ils n'avaient certes jamais parlé aussi librement, mais de là à tout révéler…

— J'avoue être quand même surprise que tu aies voulu retenter l'expérience, observa-t-elle avec une moue qui confirmait ses propos.

— Ce que je t'ai proposé était un arrangement d'ordre pratique qui nous convenait à tous les deux.

« Un arrangement d'ordre pratique. » Drôle de façon de définir cette institution censée célébrer l'amour…

— Et tu… ne regrettes rien ? s'entendit-elle insister.

— A propos de notre mariage ? Non.

— Vraiment ? Tu aurais pu épouser la femme que tu aimes et passer avec elle le restant de tes jours, au lieu de vivre avec quelqu'un qui ne t'aime pas.

Il marqua un temps d'arrêt, puis elle vit un vague sourire flotter sur ses lèvres.

— Ce n'est qu'un rêve. A quoi bon désirer quelque chose qu'on ne peut pas avoir ? Mieux vaut essayer de tirer le meilleur parti de ce qu'on a. Pour le moment, je t'ai et tu m'as. Notre union n'est peut-être pas un modèle de romantisme, mais elle fonctionne.

Une serveuse avançait vers leur table avec leur commande, et elle ne répondit pas à Torr. Peut-être avait-il raison. S'ils se bornaient à ne voir en ce mariage qu'une sorte d'association, il était en effet plutôt réussi.

Sa fourchette et son couteau en main, elle déclara :

— Après notre divorce, tu retrouveras peut-être celle que tu aimes et tu pourras lui révéler ton amour. Qui sait, ton rêve se réalisera peut-être ?

Le bleu de ses yeux était plus profond que jamais quand il hocha la tête et murmura :

— Peut-être…

Tout comme le premier soir, il faisait nuit noire quand ils arrivèrent aux abords de Kincaillie, le lendemain. Mais il ne pleuvait pas, cette fois, et le vent ne soufflait pas non plus par violentes rafales.

Le couloir qu'ils traversèrent pour accéder à leurs quartiers parut aussi moins effrayant à Mallory. Elle se sentit même presque chez elle quand ils passèrent le seuil de la grande cuisine. La pièce ayant été habitée ces derniers temps, il y faisait beaucoup moins froid que cette fameuse nuit, qui remontait à plus de deux semaines.

Pendant que Torr allumait un feu de cheminée, elle passa dans la chambre et brancha le chauffage d'appoint qu'ils avaient acheté, ainsi que les lampes de chevet. Elle regarda alors autour d'elle et sourit. La douce lumière qu'elles diffusaient rendait la pièce presque méconnaissable. Infiniment plus accueillante. Lorsqu'elle aurait mis les descentes de lit, confectionné des rideaux avec des pièces de tissu trouvées dans les placards, et l'aurait repeinte, cette chambre serait très agréable.

L'heure du coucher serait très différente.

A vrai dire… peut-être pas si différente que cela. Elle continuerait à dormir là avec Torr !

Torr, à qui elle ne révélerait pas, même sous la torture, qu'elle avait mal dormi la veille au soir. Il faisait pourtant bon, dans la chambre d'hôtel. Mais le lit lui avait paru trop grand. Trop… vide. A 3 heures du matin, elle avait bien été forcée d'admettre qu'elle s'y sentait seule.

Agacée par ce constat, elle avait enfoui la tête sous l'oreiller. Si elle n'arrivait à dormir ni avec Torr, ni sans lui…

Son regard fut attiré par le lit recouvert de l'édredon moelleux. Elle était fatiguée par le voyage, et la perspective de s'y allonger bientôt, tout contre Torr, la remplit soudain de joie.

« Tout contre Torr ? Deviendrais-tu folle ? »

Non. Elle était épuisée et avait hâte de se reposer, rien de plus.

De retour dans la cuisine, elle aida Torr, qui avait entrepris de ranger toutes les provisions dans les grands placards.

— Moi qui ai toujours aimé faire des achats... j'avoue avoir atteint mes limites ! s'exclama-t-elle avec une moue comique.

Il roula des prunelles.

— Tant mieux, parce qu'à ce rythme-là nous ne serions bientôt plus en mesure de faire réparer la toiture... Pendant quelque temps, nous irons faire les emplettes de première nécessité à Carraig.

— Nous allons faire pousser des fruits et des légumes pour notre propre consommation. Ce sera à la fois plus économique et plus sain. Tout à fait dans l'air du temps ! Je suis prête à m'y mettre dès demain, en m'aidant de l'ouvrage acheté dans ce magasin de jardinage. Je commencerai par des pommes de terre.

— Demain ? Je croyais que tu avais décidé de te lancer dans les travaux de peinture.

Tout en alignant des boîtes de conserve, elle hocha la tête.

— En effet.

Elle avait hâte de commencer à repeindre la

salle de bains, mais si elle attendait trop, ce ne serait plus la saison pour planter.

— Eh bien… je peindrai le matin, et je jardinerai l'après-midi.

Torr se tourna vers elle, un sourcil levé.

— Tu n'es pas obligée de te tuer à la tâche…

— Certes, mais… ça fait aussi partie de notre accord.

Il hocha la tête et se pencha vers l'un des cartons de victuailles, afin de se remettre à l'œuvre.

— Oui, bien sûr… Tu travailles pour rembourser ta dette. Tu pourras ainsi partir la conscience tranquille, ensuite.

Il avait parlé de cette voix impassible qui était la sienne autrefois, et qu'il employait de moins en moins souvent.

Mallory se mordilla les lèvres. En lui exposant avec entrain son emploi du temps du lendemain, elle ne songeait pas du tout à son départ.

Mais elle aimait autant ne pas le lui dire.

Pendant les semaines qui suivirent, elle travailla d'arrache-pied. Bientôt la chambre fut repeinte en bleu lavande, la salle de bains couleur ivoire, et les murs de la cuisine arboraient un jaune tournesol qui donnait à la pièce un aspect gai et ensoleillé.

En fonction du temps, elle passait aussi tous les jours un certain nombre d'heures à jardiner. Elle planta des rangées de légumes, remit en état des massifs d'herbes aromatiques et des arbustes fruitiers. Elle consultait souvent l'ouvrage de jardinage, qu'elle appelait sa bible, mais écoutait aussi et surtout les conseils pratiques de Dougal, l'un des couvreurs, qui avait une passion pour le jardinage.

Un jour que ce dernier la quittait pour remonter sur son échafaudage, Torr la rejoignit et se promena en silence entre les rangées de plantations, avant de hocher la tête.

— Joli travail... Mais n'oublie pas que tu partiras dans quelques mois, et qu'il est inutile de planter des légumes que tu n'auras pas le temps de manger.

Sur ce, ne lui laissant pas le temps de répondre, il repartit vaquer à ses occupations et elle le suivit du regard, consternée. Ils s'entendaient à merveille ces derniers temps, et cette réflexion sur la durée de son séjour à Kincaillie lui fit l'effet d'une gifle.

Elle n'oubliait pas qu'elle avait elle-même fixé cette durée, et n'avait d'ailleurs pas changé d'avis. Mais ces derniers temps, elle n'avait tout simplement pas pensé à son départ. Pas plus qu'elle n'avait pensé à Steve. Elle avait passé son temps à peindre, à bêcher, à planter, à se promener avec Charlie. Et bien qu'elle n'ait pas ménagé ses efforts, cette période-là lui avait semblé très reposante.

Par son commentaire, Torr venait de la déstabiliser de nouveau. Elle ne voulait pas penser à son départ. Pas encore. Elle préférait avancer pas à pas, jour après jour, sans songer à l'avenir. Elle avait envie de continuer à s'occuper du jardin, d'aider Torr dans la tâche colossale qu'il s'était fixée.

Au fond d'elle-même, elle s'était dit qu'elle réfléchirait à son sort lorsque les douze mois seraient écoulés.

Dougal et ses collègues logeaient à Carraig, et faisaient donc des allers et retours quotidiens. Quand Mallory leur proposa d'aménager un endroit dans le château pour éviter tous ces trajets, l'ouvrier lui répondit que cette solution leur convenait très bien, et qu'ils ne dormiraient sur place que s'il leur était impossible de faire autrement.

De façon absurde, cette réponse la blessa presque.

— Kincaillie n'est tout de même pas un bouge affreux ! déclara-t-elle, après avoir rapporté à Torr cet échange de propos.

Il venait d'arriver dans la cuisine, où Mallory préparait à dîner.

— Tu n'as pas toujours tenu le même discours…, observa-t-il, goguenard.

Après avoir remué le ragoût aux champignons, elle remit le couvercle sur la marmite et se tourna vers Torr sans pour autant s'éloigner du poêle. Le mois de mai venait de commencer, mais les températures restaient fraîches.

— Reconnais que cet intérieur a bien changé depuis notre arrivée.

Il promena lentement le regard autour de lui. La grande pièce, où ils passaient le plus clair de leur temps quand ils ne vaquaient pas à leurs occupations, était désormais très agréable.

— Tu as raison.

Il sortit du réfrigérateur une bouteille de vin blanc et en remplit deux verres. Après en avoir tendu un à la jeune femme, il leva le sien.

— Et je te félicite pour le travail accompli. C'est très réussi.

Elle trempa les lèvres dans son verre.

— Ça… te plaît vraiment ? demanda-t-elle, non sans une certaine timidité.

— Beaucoup. Quand je pense à l'état dans lequel nous avons trouvé ces lieux… Je suis impressionné par le parti que tu as su en tirer. Merci, Mallory.

En prononçant ces derniers mots, il avait planté son regard dans le sien.

— Oh, tu n'as pas à me remercier. Je ne fais que…

— … respecter les termes de notre contrat. Je le sais. Il n'en reste pas moins que, grâce à toi, ces pièces que nous occupons sont devenues très confortables, et que je t'en remercie.

A la fois contente et gênée par ces compliments, elle sourit et tendit le bras vers les parties du château où avaient commencé les travaux.

— Tu ne te ménages pas, toi non plus. Il se trouve seulement que, pour le moment, tes résultats sont moins visibles que les miens.

— Oui, mais ma position est différente. Je m'investis à cent pour cent dans Kincaillie, parce que je construis mon avenir.

— Et moi je m'acquitte de mes dettes ! Qui plus est, ajouta-t-elle d'un ton léger destiné à détendre un peu l'atmosphère, travailler est le seul moyen de se réchauffer, ici !

— Pas tout à fait…, lui répondit-il en la dévisageant.

Mallory sentit sa gorge se dessécher, et la gorgée de vin qu'elle but n'y changea rien. Le silence se fit autour d'eux. Seul le crépitement du feu dans la cheminée résonnait dans la pièce.

Il existait bien sûr bien d'autres façons de se réchauffer. Mais en ce moment même, debout en face de Torr, elle n'en voyait qu'une. Une seule. Aller dans la chambre avec lui, l'embrasser à en perdre haleine, se glisser sous les draps…

Et elle était persuadée que ces mêmes pensées étaient en train de lui traverser l'esprit. Elle aurait été incapable de dire pourquoi, mais elle le savait.

Le silence se prolongeait. Les images se faisaient de plus en plus nettes dans son esprit. Elle sentit les battements de son cœur s'accélérer.

S'il l'enlaçait maintenant, comment réagirait-elle ?

Elle lui passerait les bras autour du cou, lui tendrait les lèvres.

Prise d'une sorte de vertige, elle serra plus fort son verre entre ses doigts.

— Ah ? Et… quels sont les autres moyens ? réussit-elle à articuler.

— La danse.

La danse ? Elle eut l'impression de recevoir une bassine d'eau froide sur la tête. Torr pensait à danser, alors qu'à peine quelques instants plus tôt, elle les imaginait en train d'échanger de folles étreintes…

Bien que mortifiée, elle fit mine d'être intéressée par son idée.

— Tu… envisagerais un tango autour de la table ?

Elle constata, ravie, qu'elle s'était exprimée normalement. Avec une petite pointe de surprise dans la voix — que la situation pouvait justifier.

— Non, lui répondit-il en souriant. J'ai bien peur d'être un piètre danseur de tango ! Mais j'ai oublié de te dire que, quand je suis allé hier à Carraig, tout le monde parlait du ceilidh de samedi.

— Le… *kéli* ? répéta-t-elle, imitant sa prononciation. Il s'agit bien d'une danse écossaise, n'est-ce pas ?

— Danse, musique, rassemblement festif, voilà tout ce que ce mot englobe. Ça se passe en général dans une atmosphère très conviviale. Je pense que ce genre de manifestation devrait te plaire… et puis cela te permettra de rencontrer nos plus proches voisins.

Ce dernier commentaire soutira une petite grimace à Mallory.

— Ils habitent un peu loin, ces « proches voisins ». Si je m'aperçois tout à coup un soir que je n'ai plus de farine ou de beurre, je m'imagine mal aller frapper à leur porte !

— Tout est relatif. Mais tu rencontreras peut-être des gens que tu auras envie de revoir par la suite ? De toute façon, nous y sommes conviés, et j'ai accepté l'invitation.

Le samedi soir, donc, après avoir pris un long bain, Mallory choisit dans sa garde-robe une tunique de soie rose fuchsia, qu'elle ceintura sur une jupe longue et ample. Elle ne tenait pas à paraître trop élégante pour l'occasion, et de toute façon, ses tenues de soirée étaient restées chez sa sœur, à Ellsborough.

Elle dut monter sur un tabouret, dans la salle de bains, pour juger de l'effet dans la glace rectangulaire, et se promit d'acheter un miroir sur pied lors de leur prochaine visite à Inverness. Après s'être coiffée et légèrement maquillée, elle fut surprise de constater qu'elle n'avait pas changé physiquement. Pourtant, depuis son arrivée à Kincaillie, elle avait l'impression de ne plus être la même.

Torr l'attendait dans la cuisine. Quand elle l'y rejoignit, il l'enveloppa d'un long regard appréciateur.

— Je te trouve… très en beauté, dit-il simplement.

Torr était en général plutôt avare de compliments, et ces mots lui firent donc un curieux effet. Ce fut dans un silence un peu gêné qu'elle prit place dans la voiture.

Comme ils empruntaient la petite route cahoteuse, elle admira le paysage. Par cette belle soirée de mai, le ciel se teintait d'une douce palette de couleurs allant du mauve au rose pâle, et les montagnes elles-mêmes ressemblaient à des blocs d'améthyste. Le soleil se couchait, nimbant la mer d'un voile doré.

— C'est superbe, murmura-t-elle, sincère et presque étonnée.

Jusqu'ici, elle n'avait jamais vraiment apprécié la beauté de ce paysage sauvage, qu'elle trouvait intimidant. Mais ce soir-là le vent ne soufflait pas, tout semblait calme alentour et, pour la première fois depuis son arrivée, elle comprit qu'on puisse aimer cette région.

Si l'on était appelé à y rester plus d'un an.

— Oui, dit-il, se tournant vers elle.

Il n'avait quitté la route du regard que quelques secondes, et pendant ce bref laps de temps, c'était elle qu'il avait regardée. Pas le ciel, ni la mer, ni les montagnes.

Mallory avala sa salive. Etait-ce bien elle qu'il trouvait superbe ? Elle sentit le sang battre à ses tempes et, du coin de l'œil, admira son beau profil ferme qui se découpait sur le ciel rosi. Et elle dut serrer les poings pour ne pas tendre la main vers lui, la poser sur son bras — geste pourtant tout naturel pour une femme assise à côté de son mari.

Torr était son mari. Ils dormiraient ce soir-là dans le même lit. Plus dans les bras l'un de l'autre grâce au matelas neuf — ou à cause ? —, et du chauffage. Elle aurait dû pouvoir nicher la tête au creux de son épaule, l'embrasser, le caresser. S'il la trouvait à son goût, comme il venait de le lui laisser entendre, cela aurait dû faire partie des choses possibles.

Un peu effrayée par le cours de ses pensées, elle se remit en mémoire les termes de leur dernier accord. La clause a) était très claire : pas de relations sexuelles.

La situation était décidément complexe. Jamais elle n'aurait imaginé en arriver là. Elle avait beau se répéter que leur relation lui convenait très bien, qu'il valait mieux qu'elle reste platonique, son esprit, lui, l'emportait dans une tout autre direction.

Lorsque Torr ralentit pour se garer sur la place de Carraig, non loin de la salle du foyer où avaient lieu les festivités, Mallory se sentait désorientée. L'air frais du soir l'aida à se ressaisir. Bon nombre de gens vinrent à leur rencontre, dès qu'ils eurent passé le seuil de la grande salle. A la façon dont Torr saluait les gens réunis là, elle en conclut qu'il avait eu le loisir, lors de ses visites, de lier connaissance avec la plupart d'entre eux.

La pièce avait été décorée pour l'occasion d'affiches et de guirlandes. Un buffet occupait tout un angle de la salle, et des chaises d'apparence inconfortable étaient disposées le long des murs. Mallory commençait à redouter une soirée profondément ennuyeuse, lorsque les haut-parleurs crachotèrent, et les premières mesures de cornemuse résonnèrent. Cette musique écossaise était si entraînante que sans même s'en apercevoir, elle se mit à taper du pied.

Comme le premier rang se formait, elle regarda autour d'elle, espérant voir arriver Torr. Mais celui-ci, qui bavardait avec l'épouse du médecin, n'envisageait apparemment pas de l'inviter tout de suite à danser. Ce fut le vétérinaire qui vint la chercher pour la conduire sur la piste.

— Pour ne rien vous cacher… je ne connais pas grand-chose aux pas, lui dit-elle avec une grimace comique.

Il lui sourit.

— Aucune importance ! Vous allez très vite apprendre.

Torr remarqua-t-il seulement qu'elle allait danser ? Rien ne permettait de le deviner. Elle fut plus vexée encore quand elle le vit avancer sur la piste avec l'épouse du médecin.

Mais cela ne l'empêcha pas de prendre un plaisir infini à découvrir ces danses, et à se mêler à l'assistance. Comme le lui avait dit son premier cavalier, elle ne fut pas bien longue à apprendre les pas, à tourner en même temps que les autres et à taper du pied en cadence.

C'était aussi très agréable de danser avec tout le monde… mais cela ne l'empêcha pas de regretter que Torr ne soit pas venu l'inviter. Ils étaient mariés, après tout ! Pendant les danses, il leur arrivait de se croiser, de se prendre par le bras, de faire quelques pas ensemble. Et elle ressentait alors des petites décharges électriques dans tout le corps…

Voilà donc à quoi l'avaient conduite toutes ces nuits dans le même lit que Torr. Elle le désirait ! C'était ridicule, absurde…

Et pourquoi, d'ailleurs ? Après tout, s'ils avaient une aventure, cela ne nuirait à personne. Ils n'avaient de comptes à rendre à personne. Ils étaient tous deux libres comme l'air. Mieux encore : ils étaient mariés ! Que leur fallait-il de plus ?

L'atmosphère qui régnait le soir dans leur chambre s'en trouverait certainement plus détendue. Pour elle tout au moins, car il ne mettait pas bien longtemps à s'endormir, lui. Qui sait ? Cet accord lui convenait peut-être très bien, à lui. Peut-être n'avait-il aucune envie de franchir ce cap dans leur relation.

Une chose était sûre : si elle ne lui posait pas la question, elle ne le saurait jamais. Supporterait-elle un refus de sa part ?

Elle passa la soirée entière à danser, et se désaltérait au buffet quand les haut-parleurs diffusèrent une musique douce. Au moment même où elle reposait son verre, Torr apparut devant elle.

— Veux-tu danser avec moi ? fit-il, la main tendue vers elle.

Elle regarda cette main pendant de longues secondes et, avec le sentiment de prendre une décision irrévocable, y plaça la sienne.

8.

Leurs doigts s'enlacèrent, et il la guida vers la piste, où il l'attira contre lui. Crispée, Mallory regardait fixement l'épaule de son cavalier et veillait à garder entre eux une certaine distance. Mais les accents langoureux de ce slow ne lui facilitaient pas la tâche. Elle avait l'impression que la musique les enveloppait, les berçait, les rapprochait l'un de l'autre.

Son cœur battait si fort qu'elle était certaine que Torr le sentait, tout contre son torse. Il ne lui avait pas lâché la main, et elle s'y agrippait, comme si sa vie tout entière en avait dépendu. Autour d'eux, d'autres couples se formaient. Elle avait vaguement conscience de gens qui allaient et venaient, mais les sensations qu'elle éprouvait dans les bras de Torr étaient si fortes que tout le reste semblait enveloppé dans une nappe de brouillard.

Lorsque la chanson prit fin sur une note particulièrement langoureuse, il s'écarta d'elle. Assez pour chercher son regard.

— Il est temps de rentrer.

Comme d'habitude, il affichait une expression indéchiffrable.

Le trajet de retour se fit dans un silence absolu. Mallory sentait le sang lui bourdonner aux oreilles. Elle n'osait pas se tourner vers Torr, et regardait aveuglément le ruban noir de la route, balayé par les phares.

Trouverait-elle le courage d'exprimer son désir à l'homme dont elle portait le nom depuis quelques mois ? Comment s'y prendrait-elle ? Et si… s'il refusait ce qui n'était ni plus ni moins que des avances ?

Elle se mordilla les lèvres. Ils étaient sur le point d'arriver. Elle allait devoir se décider. Peut-être valait-il mieux ne rien dire. Il lui suffirait d'attendre qu'ils soient allongés côte à côte, et de se rapprocher de lui. Il saisirait le message sans qu'elle ait à le formuler. L'épreuve serait moins difficile… mais l'affront tout aussi terrible.

Non, décidément, il était préférable qu'elle ne dise rien, ne fasse rien. Du moins son amour propre serait-il sauf.

La silhouette imposante du château apparut dans les phares, et la voiture s'immobilisa. Torr coupa le moteur, puis éteignit les phares. C'était une nuit calme. Pas le moindre bruit ne parvenait jusqu'à eux. Pendant les instants qui suivirent, ils restèrent tous deux immobiles, silencieux.

Après avoir bloqué sa respiration, Mallory prit une profonde inspiration. C'était maintenant ou jamais.

— En ce qui concerne notre accord..., commença-t-elle d'une voix mal assurée.

— Celui que nous avons déjà modifié ?

— Oui.

— Tu voudrais y apporter encore des modifications ?

— Eh bien... oui.

— Quel genre de modifications ?

Elle inspira de nouveau.

— Il s'agit de... la clause a). Celle qui traite des relations sexuelles.

— Mmm ?

— Torr... je pense que tu vois très bien où je veux en venir. Inutile de me rendre la tâche plus difficile.

Dans l'obscurité, il lui était impossible de deviner sa réaction.

— Tu voudrais l'annuler, Mallory ?

— Oui.

Voilà qui était fait.

— Tu voudrais que nous fassions l'amour ensemble ?

— Oui, répéta-t-elle.

Le long silence qui suivit cet aveu l'incita à poursuivre :

— Quand je dis faire l'amour… il ne s'agit pas pour autant d'amour entre nous. Tu le comprends bien, n'est-ce pas ?

— Bien sûr.

Elle crut déceler dans sa voix une intonation un peu plus sèche, mais elle enchaîna néanmoins :

— Les données restent les mêmes. Nous avons tous les deux souffert. Je sais que tu aimes encore une autre femme, et je ne suis pas moi-même bien remise de ma triste expérience. Mais dans la mesure où nous sommes ensemble ici, pourquoi ne pas… nous apporter un peu de réconfort mutuel ?

— Jolie formule ! railla-t-il.

Les joues cramoisies, elle se tordit les mains.

— Torr, je… j'essaie de trouver les mots justes, et ce n'est pas facile. Je cherche à t'expliquer qu'il s'agirait d'une relation physique. De toute façon, nous ne voulons toi et moi rien de plus, et…

— D'accord.

Elle sursauta et se tourna vers lui. Dans le noir, elle devinait à peine son profil.

— D'accord… pour quoi ?

— Ta proposition me convient, précisa-t-il, ouvrant déjà la portière de la voiture.

Mallory cligna des paupières. Elle ne s'attendait pas à une réponse pareille. Aussi carrée, prosaïque.

Qu'espérait-elle donc ? Qu'il la prenne dans ses bras, lui déclare avec flamme son amour ? Ne venait-elle pas de lui dire elle-même que cet échange ne dépasserait pas un certain cadre ? Elle n'avait donc aucune raison d'éprouver la moindre déception.

Certes, elle aurait préféré qu'il lui donne son assentiment avec un peu plus de... d'enthousiasme, peut-être. Mais elle s'imaginait mal entamer maintenant ce genre de polémique.

Elle descendit à son tour au moment où il la rejoignait pour lui ouvrir la portière. Elle coula un regard dans sa direction, sans toutefois parvenir à deviner ce qu'il pensait. Il n'y avait là rien de surprenant, mais elle avait du mal à s'habituer à ce masque impénétrable, et cette fois-là tout particulièrement, le moindre indice lui aurait été précieux.

Mallory venait tout juste de se redresser, qu'elle se sentit happée par deux bras puissants. L'instant suivant, Torr la serrait très fort contre lui et s'emparait de ses lèvres. Elle répondit sur-le-champ à cette étreinte fougueuse, et eut à peine conscience de lâcher un petit gémissement de plaisir. Tandis qu'ils s'embrassaient ardemment, elle prit conscience d'attendre depuis longtemps ce moment. Et à en juger par la passion qu'il lui témoignait, Torr aussi.

Les mots qu'il prononça alors confirmèrent cette pensée.

— J'ai rêvé toute la soirée de cet instant…, fit-il d'une voix rauque.

— Et pourquoi ne m'en as-tu rien dit ?

— Je m'étais engagé à ne pas te toucher. Je suis un homme de parole, Mallory. Mais si la décision vient de toi…

Elle le dévisagea, et un sourire espiègle se peignit sur ses lèvres.

— Tu es donc d'accord pour que nous changions les termes de notre contrat ?

Pour toute réponse, il l'embrassa de nouveau et, la tenant par la taille, se dirigea vers l'entrée du château. Quand ils arrivèrent dans la cuisine, Charlie les accueillit avec une joie qui frisait l'extase, ce qui les amusa beaucoup. Dès qu'il consentit à cesser de sauter autour d'eux, Torr proposa de le sortir, comme tous les soirs.

Et comme tous les soirs, Mallory mit cette

absence à profit pour faire sa toilette et se préparer pour la nuit.

Mais ce soir-là était différent. Ce soir-là, quand Torr la rejoindrait, ils ne se contenteraient pas de rester étendus l'un à côté de l'autre. Ils s'embrasseraient, se caresseraient, apaiseraient le désir qu'ils avaient l'un de l'autre.

Elle sentait encore l'empreinte de ses lèvres chaudes sur les siennes. Comme elle se regardait dans le petit miroir, elle fut étonnée de ne découvrir aucun changement sur son visage. Pourtant, elle se sentait différente de celle qui s'était maquillée là, quelques heures plus tôt à peine.

Arrivée dans la chambre, elle grimaça. Elle n'avait apporté comme vêtements de nuit que des pyjamas en flanelle, et cette tenue lui semblait peu adaptée à la situation. Mais en décidant de suivre Torr dans les Highlands, pas un seul instant elle n'avait songé à mettre dans ses bagages une chemise de nuit sexy !

Comment cela s'était-il produit ? Comment en était-elle arrivée à éprouver un tel désir pour l'homme qu'elle avait épousé ?

Quand Torr entra dans la chambre, il trouva Mallory assise au bord du lit, encore vêtue de la tunique et de la jupe longue. Elle posa sur lui ses grands yeux noirs et, après avoir hésité, il vint s'asseoir à côté d'elle, mais garda ses distances.

— As-tu changé d'avis ? lui demanda-t-il d'une voix tendue.

— Non.

— En es-tu bien sûre ? insista-t-il, d'un ton déjà plus léger.

— Torr… Tu ne veux quand même pas que je te supplie à genoux ?

— Le ferais-tu ?

Cette fois il souriait.

— Si tu ne m'embrasses pas tout de suite… peut-être !

— Dans ce cas…

Elle poussa un petit soupir de soulagement quand il l'attira contre lui et s'allongea, la gardant serrée dans ses bras.

Et pendant très longtemps ils ne parlèrent plus, ni l'un ni l'autre.

— Je t'ai apporté du thé.

Mallory s'étira et souleva les paupières au moment où Torr posait une tasse fumante juste à côté d'elle, sur la table de nuit. L'esprit encore engourdi, elle ressentit cependant un profond bien-être tandis qu'il prenait place sur le lit. Ce ne fut que quand il la regarda et lui sourit, qu'elle comprit pourquoi elle se sentait ce matin-là si comblée.

Les souvenirs de la nuit précédente défilèrent dans son esprit, et ses joues rosirent. Prise soudain d'un stupide accès de timidité, elle détourna le regard pour le laisser errer dans la chambre. Elle aurait voulu le poser sur Torr, mais n'osait pas le faire.

— Je n'ai pas l'habitude de prendre le petit déjeuner au lit..., observa-t-elle, ne sachant que dire.

— Et je n'ai, moi, pas l'habitude de me sentir aussi bien au réveil.

Incapable de résister plus longtemps, elle reporta son attention sur lui, et eut l'impression de se perdre dans le bleu intense de ses yeux. Au bout de quelques instants, elle tourna de nouveau la tête pour tendre une main un peu tremblante vers sa tasse. Après avoir bu quelques gorgées de thé, elle le remit à sa place.

Le silence se prolongeait. Elle se sentait de plus en plus gênée.

— Alors, lança enfin Torr, que penses-tu du nouvel accord que nous venons de passer ? En es-tu satisfaite ?

Surprise par cette entrée en matière, elle le regarda et remarqua qu'il souriait. Comprenant qu'il s'agissait d'une plaisanterie destinée à détendre l'atmosphère, elle se laissa aller contre l'oreiller et sourit à son tour.

— Très.

— Parfait.

Son sourire s'élargit, et Mallory sentit son cœur battre plus fort.

— J'en suis moi aussi assez satisfait.

— Assez seulement ? lança-t-elle, enhardie.

Il se pencha alors vers elle, et son sourire se fit gourmand tandis qu'il fixait ses lèvres.

— Je rectifie : très satisfait. Mais ce n'est qu'une première impression. Il faudrait que je puisse vérifier…

— Mon thé est froid ! s'exclama-t-elle, simulant un air bougon.

— A qui la faute ?

Etendu à côté d'elle, il se souleva sur un coude et lui sourit. Son regard était caressant, tendre. Cet homme-là ressemblait si peu à celui avec lequel elle était arrivée à Kincaillie, une certaine nuit d'orage.

Avait-elle elle aussi autant changé ? La Mallory qui venait de quitter Ellsborough la mort dans l'âme n'aurait jamais imaginé éprouver un jour un tel désir pour celui dont elle portait le nom.

Il s'inclina vers elle pour effleurer sa tempe d'un baiser.

— Nous ne changeons donc rien à ce nouveau pacte ? insista-t-il, l'œil rieur.

— Surtout pas !

— Très bien. Puisque nous sommes d'accord sur les termes de notre contrat, levons-nous maintenant ! Il se fait tard, et nous avons un emploi du temps chargé.

Elle hocha lentement la tête en soupirant.

— Exact. J'ai l'intention aujourd'hui de finir de nettoyer la serre, pour y mettre quelques plants de tomates.

— Ça peut attendre jusqu'à demain, n'est-ce pas ? Il fait beau, et je pense que nous méritons bien une journée de repos.

En cette saison, lorsque le soleil luisait au-dehors, les murs du château étaient trop épais pour qu'un peu de chaleur y pénètre.

— Quelle bonne idée ! s'exclama-t-elle, ravie. Et… comment occuperons-nous cette journée ?

Elle accompagna cette question d'un regard éloquent qui provoqua le rire de Torr.

— Non, Mallory ! J'avais en tête une autre sorte d'activité.

Si elle avait salué cette réponse d'une grimace comique, elle ne regretta pourtant pas de l'avoir suivi quand ils s'arrêtèrent pour admirer le paysage qu'ils surplombaient. Par cette splendide journée de mai, la mer ressemblait à une immense aigue-marine luisant de mille feux, ourlée de dentelle crème. A cette distance, Kincaillie avait fière allure, et curieusement, elle ressentit une certaine fierté.

Fière, elle l'était aussi d'avoir réussi à gravir presque au deux tiers l'une de ces montagnes qui, jusque-là, ne lui inspiraient aucune confiance. Le vent léger qui soufflait là-haut était vivifiant. Une sensation d'allégresse et de plénitude grandissait en elle tandis qu'elle marchait sur les traces de Torr. Tout heureux, Charlie fermait la marche.

Lorsqu'ils atteignirent une surface un peu plane, Torr proposa une halte. Pendant que le chien se désaltérait à un trou de la pierre rempli d'eau, ils mangèrent avec appétit les sandwichs apportés pour la circonstance. Tout en dégustant un café bien corsé, tenu au chaud dans le thermos, Mallory observa du coin de l'œil son compagnon. Le cheveu en bataille, le regard étincelant, il paraissait tout à fait dans son élément face à cette nature indomptée. Il paraissait calme, solide, inébranlable.

Contrairement à Steve, qui ne tenait pas en place, gesticulait sans arrêt, brandissait son stylo.

— A quoi penses-tu ? lui demanda Torr, qui l'observait depuis quelques instants sans qu'elle s'en soit aperçue.

Elle cligna des paupières avant de lui répondre :

— A… Steve.

Ce n'était pas un mensonge, mais pas non plus toute la vérité.

— Ah…

Il balaya l'horizon du regard avant de reprendre la parole.

— Regrettes-tu ce qui s'est passé hier soir ?

Il s'était exprimé avec lenteur, comme si les mots avaient du mal à franchir ses lèvres.

— Non, lui répondit-elle en secouant la tête. Pas du tout.

Après une courte hésitation, elle ajouta :

— Je pense que nous avons fait le bon choix. Tu ne partages pas mon avis ?

— Tout dépend du choix auquel tu fais allusion.

— Eh bien… avoir décidé de profiter du mieux possible du temps que nous passons ensemble !

Elle avait été un peu surprise par le ton ironique sur lequel il avait formulé la remarque précédente.

Qu'entendait-il au juste par là ? Quels autres choix avaient-ils faits ?

— Avant que tu repartes pour Ellsborough… c'est ce que tu sous-entends ? insista-t-il, fixant toujours l'immensité bleue.

— Oui.

Le petit mot résonna étrangement à ses propres oreilles. Il était empreint de doute. Juchée sur cette montagne, face à la mer, sous ce ciel d'un bleu lumineux, la vie qu'elle avait menée jusque-là à Ellsborough lui paraissait soudain très lointaine.

Mais, bien entendu, elle avait envie d'y retourner. Les moments qu'ils venaient de passer ensemble, Torr et elle, étaient merveilleux, certes. Mais l'attirance qui s'exerçait entre eux était physique, rien de plus. Et cela lui convenait d'ailleurs très bien. Elle avait bien assez souffert à cause de Steve, pour vouloir retenter de sitôt l'expérience.

— Nous profiterons d'autant plus du moment présent que nous le savons limité dans le temps.

Cette formule lui parut creuse. En s'entendant, elle avait l'impression de chercher à se persuader elle-même.

Pourtant, quel autre avenir pouvait-elle espérer ? Si en ce moment même tout lui semblait possible, elle savait bien qu'elle ne resterait pas vivre là à tout jamais. Envisager le futur avec Torr relevait donc de la chimère.

En supposant qu'elle se croie capable de vivre à jamais dans ce château éloigné de toute civilisation, elle ne devait pas oublier un autre écueil, et de taille : comment parviendrait-elle à être heureuse auprès d'un homme qui aimait une autre femme ? C'était impensable. Mieux valait s'en tenir à une relation physique, qui durerait quelque temps.

— Nous pouvons faire semblant pendant quelques mois, mais pas toute une vie, dit-elle.

— Faire semblant de quoi ?

— Que… qu'il n'y a pas entre nous Steve, et cette femme que tu aimes. Les ignorer pendant une période déterminée est jouable, mais ils ne disparaîtront pas pour autant. Honnêtement, Torr… imagines-tu un avenir où il te soit possible d'être heureux sans elle ?

Cette question fut suivie d'un long silence. Torr soupira, puis se resservit en café.

— Non, dit-il enfin. Je ne pense pas que ce soit envisageable.

La longue marche sembla avoir fatigué Charlie qui, pendant les jours suivants, se montra beaucoup plus flegmatique qu'à l'accoutumée. Il mangeait moins, et passait le plus clair de son temps à dormir, dans le jardin, près de l'endroit où s'affairait sa maîtresse.

— Charlie a vraiment l'air épuisé, dit-elle un soir à Torr, la mine préoccupée. Il a peut-être abusé de ses forces, l'autre jour pendant notre escapade. Il est tellement dynamique que j'ai tendance à oublier son âge...

— Pourquoi ne pas l'amener chez le vétérinaire ?

— Il a horreur des visites chez le vétérinaire ! Mais si son état ne s'améliore pas, il devra bien s'y résoudre...

Par chance, le simple fait d'avoir mentionné le vétérinaire eut sur Charlie un effet bénéfique presque immédiat. Dès le lendemain, il se remit à gambader et elle l'emmena faire une promenade sur la plage, où il nagea et courut comme d'habitude.

— Je pense que tout est rentré dans l'ordre, déclara-t-elle le soir même durant le dîner, non sans soulagement.

Ce souci étant écarté, Mallory se laissa aller au bonheur que lui apportait la nature toute nouvelle de sa relation avec Torr. Il lui suffisait de l'apercevoir à l'une ou l'autre fenêtre du château pour éprouver une brusque bouffée de joie. Les moments où ils se retrouvaient dans la cuisine étaient gais, animés. Les nuits qu'ils partageaient, magiques.

Elle se sentait merveilleusement bien en compagnie de cet homme qui était son mari. Mais bien sûr, elle ne l'aimait pas.

Elle vivait au jour le jour, profitait de tout ce que lui offrait de bon cette relation, et se répétait que c'était parfait ainsi.

Ce bonheur se fissura un peu le jour où Torr lui annonça la visite imminente de Sheena Irvine. La jeune architecte souhaitait venir à Kincaillie pour constater l'avancée des travaux.

— Il faudrait lui préparer un déjeuner décent, conclut-il.

— Pourquoi ne pourrait-elle pas manger un sandwich, comme nous tous ?

— Elle vient pour la journée. Ça représente un long trajet. A moins que... nous lui aménagions un endroit pour dormir ?

Cette hypothèse eut sur Mallory un effet immédiat.

— Je m'occupe du déjeuner. J'envisageais justement de faire quelques courses à Carraig, demain.

Pourquoi tenait-il à recevoir si bien la jolie rousse ? Au souvenir des manœuvres de séduction de celle-ci, lors de leur visite à son cabinet, elle fut tentée de n'acheter qu'une boîte de sardines pour améliorer l'ordinaire ! Mais elle renonça à cette tentation puérile. Elle allait justement profiter de l'occasion pour rappeler à Sheena que Torr était déjà nanti d'une épouse. Elle n'était peut-être pas une adepte de la varappe, mais elle savait recevoir ! N'était-ce pas d'ailleurs pour ce motif que Torr l'avait épousée ?

Elle concocta donc un déjeuner composé d'un potage aux légumes verts, d'un assortiment de charcuterie fine, et d'une salade bien craquante servie avec du fromage. Elle alla même jusqu'à faire une tarte au citron.

Sheena resta pourtant assez insensible à ces efforts. Pendant tout le repas, elle ne cessa de complimenter Torr sur le labeur déjà effectué, et ne tarit pas d'éloges sur le site.

— Quel endroit extraordinaire ! Chargé d'histoire, situé dans un lieu idyllique, entre mer et montagnes. Le paradis sur terre !

Au comble de l'exaspération, Mallory n'intervint qu'en de rares occasions dans la conversation. Torr, pour sa part, souriait et paraissait très heureux d'avoir rencontré quelqu'un qui partage son avis sur Kincaillie.

Le repas terminé, ils passèrent un long moment à examiner les plans et à modifier certains tracés en fonction de l'avancée des travaux. Nul ne jugea utile de prendre l'avis de Mallory qui, lorsque l'architecte quitta enfin les lieux, était de fort méchante humeur.

— Ma foi, ça s'est très bien passé, n'est-ce pas ? lança malencontreusement Torr, après avoir raccompagné Sheena à sa voiture.

— C'est ton avis. Tu avais, en effet, l'air très content…

Il se rapprocha d'elle, un sourcil levé. Elle remettait de l'ordre dans la cuisine avec des gestes vifs, secs.

— Je l'étais. Sheena a eu d'excellentes idées concernant l'aménagement de Kincaillie.

— Entre autres…, marmonna-t-elle, l'œil noir.

— Mallory ! Tu ne t'imagines pas encore toutes ces stupidités ?

— Ce ne sont pas des stupidités.

Elle était en partie consciente de faire preuve de mauvais esprit, et ne comprenait d'ailleurs pas sa réaction. N'était-ce pas elle qui avait décrété qu'il n'y avait entre Torr et elle aucun avenir possible ? Puisqu'il allait rester à Kincaillie et elle pas, elle ne pouvait tout de même pas lui reprocher de songer à un futur où elle n'aurait pas de place.

Elle ne le pouvait pas, mais c'était pourtant ce qu'elle faisait.

Elle ne voulait pas être jalouse, mais elle l'était.

Consciente de se montrer injuste, elle ne parvenait pas à se raisonner. Et cela n'avait d'autre conséquence que d'accentuer encore sa colère.

— Le paradis sur terre ! lança-t-elle, mimant avec exagération l'enthousiasme de la jeune femme. Je suis sûre qu'elle n'a aucun mal à s'imaginer en future lady de Kincaillie !

Sans mot dire, Torr serra les mâchoires.

— Quelle importance ? lâcha-t-il enfin avec humeur. De toute façon, tu vas repartir à Ellsborough, n'est-ce pas ?

Elle ne lui répondit pas et il enchaîna :

— Elle ferait sans doute une parfaite lady de Kincaillie. Et d'ailleurs, je l'inviterai à passer un week-end au château quand tu seras partie !

— Je doute fort qu'elle se contente d'un week-end !

— Et alors ? Il existe sûrement pire sort que celui qui m'attendrait : vivre avec une jolie jeune femme qui a les mêmes goûts que moi !

Son regard était froid, sa voix glaciale. Elle fut prise de vertige.

— Et qu'en est-il de l'amour de ta vie ? Cette femme que tu ne pourras jamais oublier ?

Lorsqu'il lui répondit, il avait recouvré son calme.

— Elle est inaccessible, pas Sheena. Peut-être est-il temps que je renonce à ce rêve. Il ne se serait sans doute jamais réalisé…

— Je croyais que tu étais quelqu'un d'opiniâtre.

— Il y a une première fois à tout.

Sur ce, il tourna les talons et quitta la cuisine.

9.

— J'amène Charlie chez le vétérinaire, dit-elle deux jours plus tard à Torr, qui s'apprêtait à rejoindre les couvreurs pour les aider.

Depuis la visite de Sheena, ils observaient une distance polie l'un envers l'autre. Leurs échanges verbaux se limitaient au strict minimum. Le soir même, Mallory s'était couchée en lui tournant ostensiblement le dos, et s'était promis de trouver au plus vite une solution pour qu'ils n'aient plus à partager le même lit.

« Quand tu seras partie. » Les quatre mots ne cessaient de lui marteler l'esprit.

C'était pourtant elle qui lui avait proposé cet arrangement. Elle qui avait suggéré de travailler à Kincaillie pendant un an, et d'obtenir en échange le divorce. La position de Torr n'aurait donc pas dû la blesser à ce point.

Pourtant elle se sentait humiliée. Elle s'était laissée aller à croire qu'elle pouvait vivre dans le présent, ne pas se soucier de l'avenir. Et à présent, elle constatait qu'elle avait baissé sa garde. Elle avait oublié les termes de leur mariage.

Pas Torr. Pendant tout ce temps, il s'était souvenu que leur mariage avait valeur de marché.

Se répéter que, ce marché, c'était elle qui l'avait voulu ne l'aidait en rien. Elle ne savait plus où elle en était.

Bien plus malheureuse qu'elle voulait bien l'admettre, elle était allée puiser un peu de réconfort dans ce jardin qu'elle aimait de plus en plus, et qui le lui rendait d'ailleurs bien. Il commençait à avoir fière allure, grâce aux longues heures de travail qu'elle lui avait consacrées, à toutes les attentions qu'elle lui avait apportées.

En arrivant, elle avait trouvé Charlie à sa place habituelle, allongé sous un arbre. Il respirait difficilement en gémissant. A ce moment-là, elle avait décidé de ne plus attendre pour le conduire chez le vétérinaire.

— Veux-tu que je t'y accompagne ? lui proposa Torr, quand elle l'eut informé de sa décision.

— Non. Il n'y a rien de grave, j'en suis sûre.

Elle cherchait ainsi à étouffer ses propres craintes.

— Je voulais seulement te prévenir que j'emprunte la voiture.

Il hocha la tête avec une réserve qui fit mal au cœur à Mallory. Quelques jours plus tôt à peine, il l'aurait prise dans ses bras, il l'aurait embrassée, ou bien lui aurait simplement caressé les cheveux en la buvant du regard.

Leurs regards semblaient se fuir, à présent.

Dans ces conditions, attendre que l'année soit écoulée s'avérerait impossible. Cette tension était insupportable. Elle allait devoir trouver un moyen de rompre leur contrat.

Mais dans un premier temps, il fallait que Charlie se rétablisse.

Debout dans la cuisine, Torr s'apprêtait à passer par téléphone une commande de matériaux lorsque Mallory et Charlie entrèrent dans la pièce.

— Qu'y a-t-il ?

La question avait fusé, provoquée par l'expression fermée de la jeune femme. Elle posa lentement son sac sur la table.

— D'après le vétérinaire, répondit-elle enfin d'une voix plate, Charlie aurait une tumeur. Mais… son diagnostic pourrait être faux, n'est-ce pas ?

— Hum… Supposons qu'il ne se trompe pas. Existe-t-il un traitement ? A moins qu'il soit possible d'opérer ?

— Non. Ni traitement, ni intervention chirurgicale.

Redressant les épaules, elle ajouta :

— Je verrai bien. Il n'y a pour le moment aucune raison d'envisager le pire.

Mais, impuissante et éplorée, elle vit l'état de santé de cet animal qu'elle aimait tant se dégrader de jour en jour.

— Il… n'a pas l'air de souffrir, dit-elle un soir à Torr pendant qu'ils mettaient le couvert.

— C'est un animal courageux.

Il avait délibérément esquivé sa question.

— Charlie… est en train de mourir, n'est-ce pas ? fit-elle, les yeux remplis de larmes.

Il hocha la tête.

— Oui, Mallory.

Il lui avait parlé d'une voix douce, et lui posa la main sur le bras. La maladie de Charlie avait dissipé les tensions existant depuis la dispute qui avait suivi la visite de Sheena.

Sheena ! Que lui importait l'architecte, comparée à Charlie ? Pourquoi s'était-elle emportée de la sorte ?

Ils n'avaient pas refait l'amour depuis mais, par sa seule présence, Torr savait lui apporter ce réconfort dont elle avait tant besoin en ces moments difficiles. Il savait aussi la laisser seule quand il sentait qu'elle en avait besoin.

— Tu ne peux désormais rien faire de plus pour lui que choisir le moment où il devra nous quitter. C'est ce que j'ai moi-même fait pour Basher, il y a bien longtemps. J'avais alors seize ans. Mon père m'a dit que ce chien était le mien, et qu'il m'appartenait de prendre cette décision.

— J'imagine que… cela n'a pas dû être facile, pour l'adolescent que tu étais.

— Jamais de ma vie je n'ai été confronté à un choix aussi poignant. Et puis, en voyant Basher devenir l'ombre de lui-même, j'ai fini par comprendre que l'heure des adieux avait sonné.

Torr enterra Charlie dans le jardin, au pied du pommier où il aimait tant se reposer. Il se redressa et ils restèrent longtemps côte à côte, Mallory et lui, sans mot dire.

Il passa alors le bras autour des épaules de la jeune femme, et la guida vers la cuisine, où il prépara un thé bien fort.

Ce soir-là, quand ils furent étendus dans l'obscurité, il l'attira contre lui. Tout doucement, avec tendresse, et elle se blottit contre son épaule. Ni l'un ni l'autre ne pensaient qu'il leur suffirait de se toucher pour réveiller la passion qu'ils avaient partagée pendant quelques jours, quelques nuits. Une passion intacte, sinon plus forte encore.

Mallory fut réveillée très tôt ce matin-là. Sa première pensée fut pour Charlie, le fidèle compagnon qui faisait depuis si longtemps partie de sa vie, et qui venait de la quitter à tout jamais. Sa gorge se noua. Pour ne pas succomber au chagrin, elle se tourna vers Torr afin de l'observer à la lueur du jour, qui commençait à filtrer à travers les volets.

Abandonné dans le sommeil, les traits détendus, il paraissait plus jeune. Elle n'avait pas souvent l'occasion de le dévisager ainsi. A vrai dire, en dépit de leur intimité physique, une certaine distance persistait entre eux. Une distance qui les empêchait de se regarder, de se parler en toute liberté.

Elle n'était cependant pas aveugle au point de ne pas remarquer que Torr s'épanouissait dans les Highlands. Il était là dans son élément. Depuis qu'il avait enlevé son costume d'homme d'affaires, il était devenu tellement plus attentionné, amusant, accessible… en un mot, humain.

Elle n'oubliait pas tout le soutien qu'il lui avait apporté, ces derniers jours. Ni le chagrin qu'il avait du mal à cacher, en accompagnant Charlie pour son dernier voyage.

Charlie.

Elle avait du mal à imaginer ce que serait sa vie sans lui, et préférait donc penser à l'homme qui dormait près d'elle. Cet homme qu'elle avait épousé, et qui s'avérait doté d'un potentiel d'amour qu'elle n'aurait jamais soupçonné.

Cet homme que… qu'elle aimait.

Elle retint son souffle. Cette pensée lui était venue tout naturellement à l'esprit. Elle lui était apparue comme une évidence.

Elle aimait Torr. Pas comme elle avait aimé Steve, avec cette sorte d'adoration aveugle qui la poussait à être perpétuellement auprès de lui. Ce que lui inspirait Torr était différent. Très différent.

Sa malheureuse expérience l'incitait pourtant à l'extrême prudence. D'autant que Torr ne lui avait pas caché son amour impossible pour une autre. S'investir davantage encore dans cette relation relèverait de l'inconscience. N'avait-elle pas assez souffert ?

Elle devrait plus que jamais se contenter d'ici et maintenant. Apprécier les moments passés avec Torr et, plus que jamais, ne surtout pas se projeter dans l'avenir.

Charlie avait été à ses côtés pour l'aider à surmonter la rupture avec Steve. Cette fois, elle devrait assumer seule cette souffrance. Mieux valait donc s'en préserver.

De plus, cet environnement n'était pas le sien. Elle n'était pas chez elle à Kincaillie. Ce qui expliquait sans doute son antipathie spontanée envers Sheena. Elle était jalouse de cette dernière. Son type de femme conviendrait bien mieux à Torr qu'elle ne lui convenait elle-même. Si quelqu'un parvenait un jour à faire oublier à Torr son impossible amour, c'était bien Sheena. Pas elle.

Lorsqu'elle repartirait pour Ellsborough, Torr aurait besoin de quelqu'un qui le réconforte, qui lui tienne compagnie. Quelqu'un qui l'aime — car il méritait d'être aimé — et Sheena tiendrait ce rôle à merveille. C'était là tout ce qu'elle lui souhaitait : qu'il puisse être heureux avec la jolie rousse.

Elle s'en voulait maintenant de s'être emportée comme elle l'avait fait, de s'être montrée aussi immature. A partir de dorénavant, elle ne s'écarterait pas de la voie qu'elle avait elle-même choisie. Dans quelques mois, elle retournerait à Ellsborough, ce qui mettrait un point final à leur histoire. C'était ce qui avait été convenu. Jamais il n'avait été question d'amour entre eux. Ne le lui avait-il pas répété le soir où ils rentraient du ceilidh, juste avant leur « nuit de noces » ?

Il n'y avait aucune chance qu'il change d'avis et ne s'éprenne d'elle, songea-t-elle en lui passant tendrement la main dans les cheveux.

Et quand bien même ? Souhaitait-elle passer le restant de ses jours dans cet inconfortable château, loin de sa famille et de ses amis ? Voulait-elle renoncer à toute possibilité de nouveau départ professionnel ?

Non. Tout était très bien ainsi.

Dans un demi-sommeil, il se tourna vers elle et lui passa le bras autour de la taille. Elle sourit et se lova contre lui.

Charlie lui manquait infiniment. Ces sept années à vivre avec cet animal si attachant le lui avaient rendu presque indispensable. Elle avait l'impression qu'on lui avait ôté une partie d'elle-même. Elle se sentait seule, désorientée, et au moindre mouvement autour d'elle, se surprenait à le chercher.

Elle se plongea davantage encore dans les travaux de jardinage, mais sans Charlie, qui avait coutume de fureter partout autour d'elle, ce n'était plus pareil. Ses tentatives de promenade sur la plage s'avérèrent tout aussi mélancoliques. Elle proposa donc son aide à Torr, qui allait méthodiquement de pièce en pièce, les préparant à l'arrivée des électriciens, qui succéderaient aux couvreurs.

— J'accepte avec plaisir ta proposition, mais

autant te prévenir : pour le moment, ce que je fais n'a rien de palpitant.

— Ça m'ira très bien.

Elle se félicita d'avoir fait cette proposition à Torr. L'avoir à ses côtés pour travailler atténuait sa tristesse. En outre, ils avaient ainsi l'occasion de parler de tout et de rien, ce qui apportait un peu de légèreté à leur relation. Car s'ils se retrouvaient le soir avec un plaisir infini, les réveils restaient assez empruntés. Mallory s'en savait en grande partie responsable. Elle n'avait qu'une façon de protéger son pauvre cœur : afficher un certain détachement.

Il s'agissait toutefois d'une méthode de défense assez fragile, et elle devait souvent se remettre en tête les motifs qui la poussaient à partir. La somme de labeur à effectuer au château suffisait à elle seule à décourager le commun des mortels ! Elle avait l'impression que plus ils avançaient, plus le bout du tunnel paraissait lointain. Pourtant, chacune de ces pièces présentait de réelles possibilités et, en dépit de son désir de ne pas s'investir dans ce projet, elle ne pouvait s'empêcher d'imaginer des aménagements qui tireraient le meilleur parti de ces beaux volumes. Chaque fois qu'elle laissait son imagination vagabonder, elle se rappelait qu'elle serait partie bien avant que les électriciens n'aient fini leur travail.

— J'irai à Inverness vendredi, lui dit Torr un soir, pendant qu'ils préparaient à dîner ensemble. J'envisage de faire l'aller-retour dans la journée, ce qui signifie que je ne disposerai pas de beaucoup de temps, mais si tu as besoin de quelque chose, je m'arrêterai l'acheter sur le chemin du retour.

C'était là une façon à peine détournée de lui dire qu'il souhaitait y aller seul. Le cœur de Mallory manqua un battement. N'avait-elle pas décidé de se comporter en adulte ? C'était le moment de le prouver.

— Verras-tu Sheena ?

— Entre autres…

Il ne désirait apparemment pas s'attarder sur ce sujet et elle le comprenait, vu la façon dont elle réagissait chaque fois qu'était prononcé le nom de la jeune et jolie architecte. L'occasion de lui prouver qu'elle avait mûri se présentait, et elle ne la laisserait pas échapper.

— A-t-elle revu les plans ? lui demanda-t-elle, d'un ton à la fois poli et détaché.

— Je l'espère…

— J'aimerais bien voir ce qu'elle propose pour le grand hall d'entrée.

Craignant qu'il n'interprète mal cette remarque

et pense qu'elle désirait l'accompagner, elle s'empressa d'ajouter :

— J'imagine que vous devrez discuter d'un certain nombre de points. Pourquoi ne pas passer la nuit à Inverness ?

Il la fixa du regard, sourcils froncés.

— Cela impliquerait que tu restes seule ici…

— Et alors ?

— Si mes souvenirs sont exacts, tu n'en avais pas très envie quand nous sommes arrivés ici !

Elle n'en avait toujours aucune envie.

— J'ai changé depuis, répliqua-t-elle néanmoins avec un haussement d'épaules.

Pressée d'éviter son regard, elle entreprit de dresser une liste de courses.

— La journée devrait me suffire.

Elle fit mine de ne rien avoir entendu et continua d'écrire. Il était hors de question qu'elle trahisse sa répugnance à rester seule à Kincaillie, ne serait-ce que quelques heures. Qu'il aille donc retrouver Sheena et compléter les plans de restauration du château !

Torr fut prêt à partir très tôt, le vendredi matin.

— Es-tu bien sûre que cela ne t'ennuie pas trop que je parte pour la journée.

— Quelle idée ! Bien sûr que non.

— Tu ne veux vraiment pas m'accompagner ?

— Non, merci. Il y a certaines choses que je dois terminer ici. De toute façon, je ne resterai pas bien longtemps seule. Dougal et l'équipe de couvreurs ne devraient pas tarder à arriver.

— En effet. Dans ce cas… Je vais prendre la route.

Sur le seuil de la pièce, il marqua cependant une pause, hésitant encore.

— Mallory, es-tu vraiment certaine…

— Je suis une grande fille ! l'interrompit-elle d'un ton sec.

Elle avait hâte de le voir partir. S'il prolongeait ces adieux, elle ne tarderait pas à admettre qu'elle ne voulait absolument pas rester seule !

— Je le sais bien. Je serai là ce soir, de toute façon.

— A toi de voir. Ça m'est égal.

Afin que les tremblements de ses mains ne la trahissent pas, elle lui tourna le dos pour se servir une autre tasse de café.

— J'en ai bien l'impression…

Il attendit quelques secondes encore puis quitta la pièce.

Mallory ne le vit pas partir, ne l'entendit pas non plus s'éloigner, mais un insupportable sentiment de solitude s'abattit alors sur elle, et elle refoula ses larmes.

« Mais pourquoi pleures-tu ? Vous ne venez tout de même pas de vous dire adieu à jamais… »

Elle ne lui avait d'ailleurs pas dit au revoir.

Le cœur battant, elle traversa les couloirs au pas de course. Lorsqu'elle arriva au portail, Torr était déjà presque au bout du chemin, et elle agita le bras sans être bien sûre qu'il la voyait dans le rétroviseur.

Malgré la présence des ouvriers, Kincaillie lui parut vide toute la journée. Après une belle matinée ensoleillée, le vent se leva dans l'après-midi et le temps tournait à l'orage lorsque Dougal vint lui dire que leur journée de travail était terminée.

— Ça m'a l'air menaçant…, déclara-t-il avec une grimace, la tête levée vers le ciel.

— Ne vous inquiétez pas, Torr ne devrait pas tarder à rentrer.

Mais les heures passèrent sans que Torr ne donne signe de vie. Le vent soufflait à présent par violentes rafales, plaquant avec force de grosses gouttes de pluie contre les vitres. Ce temps épouvantable lui rappelait celui qui sévissait le soir de leur arrivée au château.

Pourquoi Torr ne revenait-il pas ? Il avait dit qu'il ferait l'aller-retour dans la journée, et Torr était quelqu'un de fiable. Aurait-il finalement décidé de passer la soirée avec Sheena ? Mais alors, pourquoi ne pas l'en avertir par téléphone ? Avait-il cru qu'elle se moquait bien qu'il rentre ou pas quand elle avait dit « Ça m'est égal » ?

Elle pouvait l'appeler sur son portable pour avoir des nouvelles. Mais s'il était en compagnie de Sheena, il interpréterait son geste comme celui d'une femme jalouse !

Et si… s'il avait eu un accident ? Devait-elle appeler la police ?

L'atmosphère de la cuisine devenait oppressante. Au-dehors la tempête faisait rage. L'inquiétude la submergeait.

Incapable d'attendre plus longtemps, elle se décida à appeler. Mais il n'y avait pas de tonalité. Et aucune communication par portable ne passait, de Kincaillie.

Elle fut prise de nausée. Sans téléphone et sans voiture, comment pourrait-elle savoir si Torr était sain et sauf à l'heure qu'il était ? Les ouvriers ne reviendraient pas avant lundi.

Il était peut-être allongé sur un lit d'hôpital, et pensait qu'elle s'en moquait. A moins que… qu'il ne soit inconscient. Peut-être même entre la vie et la mort.

Elle aurait préféré mille fois le savoir avec Sheena !

Il était plus de 3 heures du matin lorsqu'elle se résolut à aller se coucher — sans pour autant trouver le sommeil, bien entendu. Les yeux rivés au plafond, elle imaginait les pires des scénarios, que les bruits du dehors rendaient de plus en plus plausibles.

Une pensée revenait la harceler : elle n'avait pas même dit au revoir à Torr.

10.

Le matin venu, Torr n'était toujours pas rentré, et la ligne téléphonique n'était pas rétablie.

Lorsqu'elle entra dans la cuisine, Mallory s'arrêta net et se mordit la lèvre. La pièce était froide, vide. Pas de Torr, pas de Charlie.

Au lieu de se laisser aller au désespoir, elle se prépara un thé en réfléchissant à la conduite à adopter. Lorsqu'elle sortit de la salle de bains après une rapide toilette, sa décision était prise : elle irait à Carraig et téléphonerait de là-bas. La marche serait longue, mais elle ne pouvait pas rester indéfiniment là, à attendre.

S'il avait cessé de pleuvoir, le vent soufflait toujours et de gros nuages de plomb traversaient le ciel. Bien chaussée et bien couverte, elle quitta le château, espérant trouver sur sa route une voiture dont le chauffeur accepterait de la conduire jusqu'à Carraig.

Inquiète et épuisée par cette nuit sans sommeil,

elle marchait, tête basse, le cou rentré dans les épaules. Elle passait des marchés avec elle-même. Si Torr était sain et sauf, elle ne se plaindrait plus jamais. Quand elle le reverrait, elle ne lui ferait pas le moindre reproche. Elle ne lui dirait pas même qu'elle n'avait pas dormi de la nuit, à se soucier de son sort. Elle se montrerait douce, compréhensive.

Elle avait déjà parcouru plus de deux kilomètres quand un éclat lumineux au loin éveilla son attention. Une voiture arrivait. Dans le sens inverse, certes, mais le conducteur consentirait peut-être à lui venir en aide si elle lui exposait la situation.

Sans s'en apercevoir, elle accéléra le pas afin de rejoindre au plus vite le véhicule, qui avait disparu de sa vue à un tournant.

Convaincue comme elle l'était que Torr avait été victime d'un accident, elle ne reconnut pas la voiture. Quand le conducteur arriva à sa hauteur, freina et baissa sa vitre, elle en resta médusée.

— Mallory ! Mais… que fais-tu ici ?

L'homme qui la fixait de ses grands yeux bleus n'était autre que Torr ! Son mari ne gisait donc pas sur un lit d'hôpital. Il était vivant et n'avait apparemment subi aucun traumatisme. Elle passa les secondes qui suivirent à le dévorer du regard.

Jusqu'à ce que le soulagement infini qui s'était emparé d'elle en le voyant cède la place à la colère. Une colère à la mesure des frayeurs qui avaient hanté sa nuit.

— Bon sang, où étais-tu donc passé ?

Soudain, elle ne gardait plus le moindre souvenir des promesses qu'elle venait de se faire à elle-même, sur la route.

— A Carraig.

— A… Carraig ? répéta-t-elle d'une voix étranglée.

— J'y ai dormi. Dans l'hôtel qu'il y a sur la place.

— Tu veux dire que… pendant que je t'imaginais à demi mort, tu dormais paisiblement à une vingtaine de kilomètres de Kincaillie ? Et pourrais-tu m'expliquer, je te prie, pourquoi tu n'as pas jugé nécessaire de parcourir cette faible distance, hier soir ?

Torr lâcha un soupir agacé.

— Je ne…

Elle ne le laissa pas poursuivre.

— Bien sûr ! A quoi bon se soucier de cette pauvre Mallory, qui n'est pas même capable d'escalader des sommets, n'est-ce pas ? Pourquoi t'intéresser à celle qui n'est jamais que ton épouse ?

— Sache qu'il m'était impossible d'emprunter

la route. A la sortie de Carraig, elle était impraticable. Des arbres sont tombés pendant la tempête. J'ai donc dû rebrousser chemin et prendre une chambre à l'hôtel. J'ai essayé de te prévenir par téléphone, mais c'était impossible. Je ne vois pas ce que j'aurais pu faire d'autre…

— Tu aurais pu venir à pied !

Mallory était furieuse. Pendant qu'elle tournait dans son lit, rongée par l'inquiétude, Torr dormait paisiblement, à quelques kilomètres à peine de là. Il avait même sans doute pris un copieux petit déjeuner, alors qu'elle arpentait les collines pour se lancer à sa recherche !

— Tu aurais voulu que je parcoure plus de vingt kilomètres à pied, la nuit, en pleine tempête ? Il m'aurait ensuite fallu les parcourir en sens inverse, ce matin, pour récupérer ma voiture… De mon point de vue, cela n'aurait pas été très raisonnable.

— C'était plus raisonnable, peut-être, de m'amener vivre dans ce château délabré ? rugit-elle, incapable de se maîtriser. Plus raisonnable de m'y abandonner pour prendre un peu de bon temps avec ta chère Sheena ? Au cas peu probable où ça t'intéresserait, sache que j'ai passé une nuit cauchemardesque ! Malgré cela, j'étais prête à faire une petite marche matinale de vingt kilomètres !

— Pour quelle raison ?

— Pour essayer de comprendre ce qui t'était arrivé, Torridon McIver ! Tu n'as pas imaginé un seul instant que je pouvais me soucier de ton sort, n'est-ce pas ?

— Non, en effet. Quand je suis parti hier matin, tu m'as dit très clairement que ça t'était égal que je rentre ou pas.

— Et je le maintiens !

La crainte de fondre en larmes et de voir son amour-propre bafoué attisait sa colère.

— Je voulais seulement que tu reviennes avec la voiture, pour quitter ce château de malheur !

Un silence suivit ces mots. Mallory eut l'impression qu'ils résonnaient autour d'eux, répercutés par les montagnes.

— Monte, lança-t-il enfin. A moins que tu tiennes à poursuivre cette petite marche matinale...

Après une courte hésitation, elle s'exécuta. Au moment même où elle prenait place sur le siège, elle sentit toute la fatigue de la nuit précédente s'abattre sur elle. Elle luttait à présent contre les larmes.

Torr démarra.

— Pourquoi es-tu aussi en colère ? lui demanda-t-il avec un bref regard dans sa direction.

— Pourquoi ? Je te rappelle que ce n'est pas

moi qui ai choisi de m'installer à Kincaillie ! Je vis dans une ruine et je travaille comme une forcenée, pour rembourser mes dettes ! Comme si cela ne suffisait pas, tu m'y laisses seule pour t'offrir une escapade à Inverness !

— Je suis désolé, dit-il, regardant droit devant lui. Il était tard quand j'ai quitté Inverness. J'aurais dû me rappeler que tu risquais d'avoir peur.

Mallory ouvrit la bouche, prête à protester, mais se ravisa à temps. Si elle avouait ne pas avoir eu peur, Torr voudrait connaître l'objet de sa colère. Et elle n'envisageait pas de lui dire qu'elle s'était inquiétée à son sujet.

— J'ai eu peur, bien sûr ! Cette situation n'est vraiment pas facile pour moi. Epouser un homme que je connais à peine, me retrouver au bout de quelques mois dans un lieu désertique, seule, sans amis, réduite à travailler et à regarder tomber la pluie… Il y a plus amusant, comme style de vie ! Si seulement je pouvais repartir à Ellsborough, retrouver une existence normale…

Torr, qui avait écouté cette tirade sans l'interrompre, gardait les yeux rivés sur la route.

— Soit, dit-il, impénétrable. Je vais t'amener à Inverness cet après-midi, et tu y prendras le premier train pour Ellsborough.

Elle se tourna vivement vers lui, les yeux écarquillés.

— Pardon ?

— Si tu veux partir, pars, Mallory ! Tu as raison, espérer que tu te plaises à Kincaillie relevait de l'utopie. Notre mariage était une erreur dès le début. Inutile de persister sur cette voie.

Abasourdie, elle ne répondit pas. Avait-elle bien entendu ?

— Et… l'argent que je te dois ?

— Considérons que cette affaire est réglée. Tu as travaillé dur, nous voilà quittes. Tu n'as plus Charlie désormais. Rien ne t'empêche de t'installer chez ta sœur et de prendre un nouveau départ, si c'est là ce que tu veux.

Il paraissait sérieux.

— Est-ce… ce que toi tu veux ?

Il changea de vitesse pour amorcer un tournant.

— Oui. Il vaut mieux que tu t'en ailles. Autant pour toi que pour moi.

— Bon. D'accord.

Elle se sentait soudain glacée, mal en point. Pourtant, elle allait obtenir ce qu'elle attendait, et avec neuf mois d'avance.

— Parfait, ajouta-t-elle, sans parvenir à insuffler à ce mot tout l'enthousiasme qu'il aurait dû contenir.

La fin du trajet se déroula en silence.

Torr voulait qu'elle parte. Elle ne pouvait penser à rien d'autre. Il voulait qu'elle quitte les lieux, et elle n'avait aucune excuse pour rester.

Il éteignit le moteur devant la grande porte, à l'endroit même où il s'était garé le soir de leur arrivée, et ils restèrent quelques instants à regarder ce vieux battant.

— Je suggère que tu ailles préparer tes affaires.

— Main… tenant ?

— Si je dois te ramener à Inverness, autant ne pas trop tarder. Je vais me dégourdir les jambes sur la plage pendant que tu t'occupes des bagages. Ça ne devrait pas être très long, tu n'as pas apporté grand-chose.

C'était exact. Dans la chambre, elle vida les tiroirs qu'elle avait elle-même nettoyés avec tant de soin. Ses gestes étaient lents, précis, mais elle était bouleversée. Comment avaient-ils pu en arriver là ?

Elle se tourna vers le lit, et son cœur se serra. Ils avaient connu de tels moments de bonheur, dans les bras l'un de l'autre. Il lui suffisait de baisser les paupières pour revoir le visage de Torr, tout près du sien, pour sentir son corps sur le sien.

Machinalement, elle avança vers la fenêtre. De là, elle distinguait le pommier où avait été enterré Charlie. Le jardin commençait à être resplendissant. Elle ne planterait donc pas les graines qu'elle avait commandées par courrier et qu'elle venait de recevoir. Elle ne verrait pas non plus pousser certains bulbes plantés le mois précédent. Elle ne serait plus là.

Elle serait enfin chez elle.

Mallory serra un peu plus fort les paupières, imaginant ce chez-elle. Et elle vit un vieux poêle, une cheminée, deux fauteuils un peu branlants. Elle vit aussi la mer, l'horizon brumeux, la plage. Elle entendit le cri des oiseaux, huma l'air marin.

Lentement, elle posa sur le lit le T-shirt qu'elle s'apprêtait à ranger dans sa valise.

En entendant les coquillages brisés crisser derrière lui, Torr se tourna. Mallory avançait vers lui, la mine résolue.

— Prête ?

— Non.

— Ah ? Où est le problème ?

— Je ne veux pas partir, répondit-elle simplement.

Pendant quelques instants qui parurent durer une éternité, ils restèrent immobiles à se dévisager. Le vent qui jouait dans leurs cheveux décorait les vagues de grosses crêtes blanches.

— Je croyais que tu voulais retourner à Ellsborough…

— Je le croyais aussi. Il a suffi que tu me dises que je pouvais partir pour que je comprenne que je n'en avais aucune envie.

Elle regarda autour d'elle.

— Il y a des choses d'Ellsborough qui me manquent ici, et qui me manqueront toujours. Mais si je repars vivre là-bas, Kincaillie me manquera davantage encore. Il n'y aura pas de jardin, à Ellsborough. Pas la mer non plus. Ni les montagnes.

— Mallory…

Elle tendit le bras vers lui pour lui imposer le silence.

— Je sais ce que tu vas dire, Torr.

— Ah ?

— Oui. Tu vas me rappeler qu'il n'a jamais été question d'amour dans notre pacte. Je le sais bien. Tout comme je sais que tu aimes une autre femme.

Et te connaissant comme je te connais maintenant, j'imagine que tu l'aimeras toute ta vie.

— C'est bien possible, admit-il avec un sourire.

Elle eut l'impression qu'une main de fer lui broyait le cœur, mais garda le menton relevé.

— Je ne te demande pas de m'aimer, Torr. Je voudrais juste rester ici avec toi, et prendre ce que tu as à me donner. Je saurai m'en contenter. Mais ne me demande pas de partir. Je ne le supporterais pas.

Sa voix se brisa tandis qu'elle ajoutait :

— Je ne m'imagine pas vivre sans toi, maintenant…

— Et Steve ? Désolé. Je n'aurais peut-être pas dû te poser la question.

— Au contraire, tu as bien fait. Je ne prétendrai pas ne pas avoir aimé Steve. J'étais très amoureuse de lui, et quand il m'a quittée, j'ai cru ne pas y survivre. C'est pourtant ce que j'ai fait. Et j'ai aussi appris qu'il était possible d'aimer de nouveau. Je ne t'aime pas comme j'ai aimé Steve. Il m'étourdissait, m'éblouissait, me faisait rêver. Et j'ai découvert à mes dépens qu'il n'avait pas plus de consistance qu'un rêve.

Torr l'écoutait sans mot dire.

— Je t'aime de façon différente. Ce que j'éprouve

pour toi est plus… solide. Plus authentique. Et contrairement à ce que je croyais jusqu'ici, j'aime aussi Kincaillie. Quand j'ai commencé à ranger mes affaires dans la valise, je me suis aperçue que je ne voulais pas partir.

Il se taisait toujours. Elle passa la langue sur ses lèvres sèches. Et s'il insistait pour qu'elle s'en aille ?

— Je voudrais seulement que nous continuions à cohabiter comme nous l'avons fait jusqu'ici. Je sais bien que tu en aimes une autre. Une autre que tu ne pourras peut-être jamais épouser…

— Il se trouve qu'elle est déjà mariée.

— Ah… Et elle n'envisage pas de divorcer ?

— Apparemment pas.

— Dans ce cas… pourquoi ne pas me prendre comme solution de remplacement ? suggéra-t-elle avec un petit sourire.

Il secoua la tête avec lenteur.

— Je ne suis pas le genre d'individu qui se contente d'une solution de remplacement.

— Ah…

Il avança vers elle et lui prit les mains, mais elle continua de fixer le bout de ses chaussures. Elle ne souhaitait pas qu'il la voie pleurer.

— Regarde-moi, Mallory. Ça ne t'intéresse pas de savoir qui est la femme que j'aime ?

— Non.

— Même si je te dis qu'elle est mariée avec moi ?

Cette fois elle redressa la tête, et posa sur lui un regard effaré. Torr n'allait tout de même pas lui annoncer qu'il était bigame ?

— Avec toi ?… Je ne comprends pas.

— C'est pourtant très simple. J'aime ma femme depuis le jour où j'ai posé les yeux sur elle.

— Mais… je suis…

— Oui, Mallory, tu as bien compris. Tu es ma femme et je t'aime.

Il l'enlaça et chercha ses lèvres. Elle n'osait pas bouger, pas parler, de crainte de briser un rêve. Mais ce baiser était bien réel. Le goût de ses lèvres, qu'elle connaissait bien maintenant, aussi. Ainsi que la pression de ses mains sur sa taille.

Lorsqu'il s'écarta légèrement d'elle pour la regarder, elle laissa couler les larmes qu'elle essayait de retenir jusque-là. Des larmes de joie.

— Je t'aime aussi, Torr. Mais je… ne comprends pas que tu aies attendu si longtemps pour me parler d'amour.

— Je savais que tu aimais Steve. Pourtant, je n'oublierai jamais notre premier rendez-vous.

Elle eut un petit rire.

— Je ne l'oublie pas, moi non plus. Tu avais un air si… sérieux. Sévère, même !

— Je veux bien le croire. Mon premier mariage avait été un désastre, et j'étais bien décidé à ne plus jamais tomber amoureux. J'avais de l'argent, des relations légères avec des femmes, et cela me convenait très bien. Et puis tu es arrivée avec tes échantillons de tissu, tes croquis, ta joie de vivre. J'ai été immédiatement séduit. Ce jour-là, quand tu es repartie, la maison m'a paru d'une tristesse infinie. Mais je savais que tu n'étais pas libre.

Suspendue à ses lèvres, Mallory souriait.

— Je tiens d'ailleurs à te préciser que j'ai accepté de m'associer à ce projet d'entrepôts à rénover, qui s'est avéré une belle escroquerie, dans le seul but de ne pas te perdre de vue.

— Et ça t'a coûté la modique somme de deux cent cinquante mille livres ! observa-t-elle avec une grimace.

— J'ai très largement gagné au change, puisque tu as accepté de m'épouser.

— Sur le moment, je ne crois pas que tu aies gagné grand-chose. J'étais si malheureuse…

— Je le sais bien. Je ne suis d'ailleurs pas très fier de la méthode que j'ai employée pour que tu consentes à devenir ma femme. C'était une sorte de chantage. Mais je voulais absolument vivre avec toi. Je pensais n'éprouver pour toi qu'un désir très fort, qui se dissiperait avec le temps. Mauvais calcul de ma part !

— Quand je pense à notre nuit de noces... J'ai honte de moi !

— Tu n'as pas à avoir honte de toi. Je suis seul responsable. Te sachant aussi amoureuse de Steve, c'était ridicule de ma part d'espérer que tu l'oublies sitôt l'alliance au doigt. J'aurais sans doute dû te proposer le divorce dès le début. Mais j'ai toujours eu du mal à admettre que je pouvais me tromper. Et je me suis en quelque sorte acharné, je t'ai amenée ici...

Dressée sur la pointe des pieds, elle l'embrassa.

— Je ne le regrette pas. Bien au contraire !

— Quand nous avons commencé à faire l'amour ensemble, tu semblais mettre un tel point d'honneur à ce que cette relation soit physique, rien de plus, que je suis entré dans le jeu. Tout en me disant que, peut-être, tout espoir n'était pas perdu... Il y a alors eu l'épisode Sheena, qui nous a de nouveau éloignés l'un de l'autre. Et puis Charlie est mort, et te voir cette fois encore si malheureuse m'était très difficile. Tout en sachant que tu ne pourrais jamais le remplacer, j'ai décidé de trouver un chiot. Ce serait pour toi une distraction.

— Un chiot ? répéta-t-elle, étonnée.

— Voilà pourquoi je suis allé à Inverness, hier, et pourquoi je n'ai pas insisté pour que tu m'accompagnes. Sheena m'a parlé d'une amie à elle dont la chienne a mis bas récemment une portée. Je voulais les voir avant de te proposer d'aller en choisir un.

Elle qui s'était encore livrée à des supputations…

— Et pourquoi ne m'en as-tu pas parlé ?

— J'aurais dû le faire, mais je souhaitais te réserver la surprise. Et quand j'ai quitté le château, j'ai regretté mon initiative. Tu étais si indifférente, si froide… Plusieurs fois, hier, je me suis dit qu'il était peut-être temps de renoncer. Et quand je t'ai trouvée ce matin sur la route, cette impression s'est confirmée. Cette nuit seule dans le château avait apparemment été très éprouvante pour toi. J'ai pensé que je n'avais pas le droit de te retenir plus longtemps ici, contre ton gré.

Elle lui sourit et se suspendit à son cou.

— Eprouvante, elle l'a été, en effet. Mais pas parce que j'avais peur, seule à Kincaillie. Parce que je m'inquiétais à ton sujet, Torr. Je craignais qu'il te soit arrivé un quelconque malheur. Je ne supportais pas l'idée de te perdre… sans même t'avoir dit combien je t'aime.

Lui soulevant le menton, il chuchota, tout contre ses lèvres :

— Si tu me le disais maintenant… dans notre chambre ?

collection Horizon

HARLEQUIN

PROCHAIN RENDEZ-VOUS LE

15 août 2009

RENDEZ-VOUS AVEC LE BONHEUR, Barbara McMahon • n°2229

Revoir Tanner Forsythe, peu après leur brutale rupture, est un choc pour Anna... d'autant qu'il vient d'être nommé directeur de l'entreprise où elle travaille et qu'elle va devenir sa plus proche collaboratrice ! Comment, dans ces conditions, continuer à taire le douloureux secret qu'elle s'était jusque-là efforcée de lui cacher ?

UN PAPA MODÈLE, de Ally Blake • n°2230

A la mort de son mari, Cal, un célèbre pilote de moto, Brooke découvre avec stupeur qu'il les laisse sans un sou, elle et ses deux enfants. Désespérée, elle se résoud à accepter l'hospitalité de Danny, l'entraîneur et agent de Cal, un homme qu'elle soupçonne d'avoir exercé une mauvaise influence sur son mari mais pour qui elle ressent, malgré elle, une étrange attirance...

UNE FAMILLE EN HÉRITAGE, de Caroline Anderson • n°2231

Mère d'un petit garçon de huit ans qu'elle élève seule, Molly tombe éperdument amoureuse de David Cauldwell, l'unique pensionnaire du Bed & Breakfast qu'elle tient pour assurer sa subsistance. Mais elle comprend que leur histoire est vouée à l'échec en apprenant que David a fait fortune en Australie, où l'attendent sa vie et ses affaires, et n'est que momentanément en Angleterre...

AMOUREUSE D'UN COW-BOY, de Diana Palmer • n°2232

Confiée, à la mort de ses parents, à son oncle chargé de gérer sa fortune, Fay est prête a tout pour échapper au mariage que celui-ci a prévu pour elle, et brûle de s'affranchir de sa pesante tutelle. C'est alors qu'elle rencontre Donovan, un arrogant cow-boy à la réputation de don Juan...

Attention, numérotation des livres pour le Canada différente : n° 947 au 950.

www.harlequin.fr

BestSellers

A paraître ce mois-ci

Best-Sellers n°382 • thriller

Collection macabre - Erica Spindler

A La Nouvelle-Orléans, la découverte d'un squelette de femme à la main coupée relance une affaire restée sans suite deux ans plus tôt : après avoir retrouvé plusieurs mains de femmes coupées, la police n'avait pas réussi à arrêter celui que la presse avait surnommé « le collectionneur». Chargée de l'enquête, l'inspecteur Patty O' Shay est sous le choc quand elle apprend que le badge de police de son mari, assassiné deux ans plus tôt, est retrouvé avec le squelette. Dès lors, elle n'a plus qu'une idée en tête : retrouver « le collectionneur ». Quel qu'en soit le prix...

Best-Sellers n°383 • roman

L'enfant du scandale - Barbara Delinsky

Hugh et Dana forment un couple harmonieux malgré leurs différences. Si Dana vient d'un milieu modeste et n'a jamais connu son père, Hugh, issu de la bourgeoisie bostonienne, a dû lutter pour faire accepter son épouse dans sa famille. Alors que l'arrivée d'un enfant semble apaiser les passions, c'est un véritable scandale que déclenche la naissance de la petite fille. Car, contre toute attente, le bébé a la peau sombre. Abasourdis, déchirés entre la joie et la soif de réponses, les jeunes parents décident d'explorer leurs racines, au risque de déterrer les secrets du passé...

Best-Sellers n°384 • suspense

Un danger dans la nuit - Lisa Jackson

Je sais ce que tu as fait, confesse tes péchés...

En écoutant ce message sur son répondeur, la psychologue Samantha Leeds plonge en plein cauchemar. Car l'appel lui rappelle le drame qui a marqué sa vie : le suicide d'Annie, une jeune auditrice perturbée qu'elle n'a pas pu sauver. Terrifiée, Samantha l'est d'autant plus que le harceleur est devenu un tueur qui viole et étrangle ses victimes en écoutant son émission. Tandis que les inspecteurs Bentz et Montoya pistent le meurtrier, Samantha se réfugie auprès de Ty Wheeler, son nouveau voisin, le seul homme auquel, croit-elle, elle peut encore faire confiance...

Best-Sellers n°385 • thriller

Tu tueras pour moi - Andrea Ellison

Dix jeunes femmes au teint d'albâtre et aux cheveux de jais, aux lèvres maquillées de rouge sang... Une série de crimes qu'à Nashville, personne n'a oubliés. Vingt ans plus tard, la ville est de nouveau plongée dans la peur tandis que quatre nouvelles victimes sont découvertes, tuées selon le même rituel. Mais pour les enquêteurs, pas de doute : ces crimes portent la signature sanglante du tueur. Pour Taylor Jackson, le lieutenant chargé de l'enquête, l'affaire prend une tournure personnelle : car un détail dans le profil de l'assassin a réveillé des souvenirs enfouis au plus profond d'elle-même...

Best-Sellers n°386 • thriller

La forêt de la peur - Michelle Gagnon

Dans les Appalaches, un terrifiant ossuaire est découvert. Pour l'agent Kelly Jones, du FBI, cette enquête tombe vraiment mal : elle espérait trouver dans les bras de Jake, ex flic reconverti dans la protection rapprochée, la force de surmonter le choc que lui a causé la mort tragique de son coéquipier. Mais d'autres corps sont retrouvés, portant la trace d'horribles sévices. Dès lors, Kelly ne peut s'empêcher de s'impliquer. Elle découvre qu'il n'y a pas un, mais deux tueurs. Deux assassins rivaux, lancés dans une atroce surenchère...

Best-Sellers n°387 • historique

La tentation de lady Blanche - Brenda Joyce

Londres et la Cornouailles, 1822

Sous des airs frivoles de riche héritière, Blanche Harrington cache une nature tourmentée, hantée par un drame de son enfance. Depuis, elle s'est juré de ne jamais se montrer vulnérable. Et de ne jamais accorder sa confiance à un homme. Mais sa rencontre fortuite avec sir Rex de Warenne, qu'elle surprend dans les bras d'une servante, va ébranler ses certitudes. A la fois choquée et fascinée par tant d'impudeur, Blanche ne peut s'empêcher de ressentir pour cet homme une attirance inavouable...

Best-Sellers n°388 • roman

Les amants de l'été - Susan Wiggs

Rosa Capoletti a de quoi être fière : orpheline de mère, elle s'est construite seule et fait carrière dans la restauration de luxe. Mais elle est toujours célibataire car elle ne peut oublier son premier amour : Alex Montgomery, le fils des riches voisins qui séjournaient chaque été sur la côte. Rosa n'a pas oublié leurs premiers baisers, et l'abandon, lâche et inexplicable, d'Alex, sorti de sa vie en entrant à l'université. Obsédée par ce douloureux souvenir, Rosa est pourtant décidée à rompre avec son passé. Mais voilà que, dix ans après son départ, Alex est de retour...

Best-Sellers n°389 • thriller

Le tueur d'anges - Erica Spindler

Il y a cinq ans, trois meurtres de petites filles ont semé la panique à Rockford, Illinois. Kitt Lundgren, chargée de l'enquête, a fait de la traque du tueur une obsession — mais elle a laissé le coupable lui échapper. Sa vie en a été marquée à jamais. Et voilà qu'après cinq ans de silence, le tueur d'anges recommence à frapper. Cette fois, Kitt est décidée à le retrouver, mais l'enquête est confiée à l'inspecteur Riggio, une jeune femme ambitieuse qui ne pardonne pas à Kitt ses erreurs du passé…

Best-Sellers n°390 • roman

Un été au Maryland - Nora Roberts

A Antietam, dans le Maryland, un été va bouleverser à jamais l'existence de plusieurs êtres meurtris par la vie. Cassie Connor se sent en effet revivre. Elle qui a subi des années durant les violences de son mari n'a-t-elle pas trouvé enfin le courage de porter plainte contre lui ? A présent que Joe est en prison, elle savoure sa liberté toute neuve. Et accepte d'être courtisée par Devin MacKade, l'un des célibataires les plus en vue de la région. Mais on ne se libère pas si facilement du passé…

Best-Sellers n°391 • roman

Le passé meurtri - Karen Young

Ecrivain reconnu, Elizabeth Walker s'efforce d'oublier les drames qui ont jalonné sa vie : la mort tragique de ses parents, la perte de ses deux petites sœurs, qu'elle n'a jamais revues depuis leur adoption, et son enfance à elle, ballottée au gré des familles d'accueil. Elle vit en solitaire jusqu'au jour où sa meilleure amie Gina se voit menacée de perdre la garde de sa fille. Cette fois, Elizabeth se battra. Pour Gina. Pour la petite Jesse, sa filleule adorée. Et pour se donner enfin une chance de prendre son destin en main.

Composé et édité par les
éditions Harlequin
Achevé d'imprimer en juin 2009

CPI
Bussière

à Saint-Amand-Montrond (Cher)
Dépôt légal : juillet 2009
N° d'imprimeur : 90663 — N° d'éditeur : 14389

Imprimé en France